Maria Hoffmann-Dartevelle

# Über den Ozean

Roman

Copyright © 2022
Achter Verlag, Weinheim
www.achter-verlag.de

ISBN 978-3-948028-16-9

Lektorat: Martina Leiber
Druck: **Gyomai Kner Printing House Co. Ltd.,
Gyomaendröd**

Der Roman wurde im Rahmen des Programms „NEUSTART KULTUR"
durch ein Stipendium der VG WORT gefördert

Für Claudio

# 1
# Februarsommer

Ihre Augen bleiben geschlossen, sie sieht keinen Himmel, kein Mäuerchen, kein zitterndes Grün. Nur blasse Lichtflecken, wie Schlieren in dunkler Soße.

Das Telefon klingelt noch zweimal, dann schweigt es. Nicht jetzt, denkt sie.

Von unten wird ihr Name gerufen. Sie öffnet die Augen. Über ihr unversehrtes Blau. Nicht jetzt, denkt sie.

Sie ist seit zwei Tagen in Buenos Aires und sitzt bei Camilos Tante auf der Dachterrasse. Sie ahnt, wer am Telefon ist. Der Argentinier, der schon ein paar Wochen vor ihrer Abreise bei ihr angerufen hat. Eigentlich hat er nicht bei ihr, sondern bei Camilo angerufen. Sie musste ihn enttäuschen. Camilo ist nicht mehr zu sprechen. Im Lauf der Unterhaltung hat sich herausgestellt, dass er genau wie sie im Februar in Buenos Aires sein würde. Sie haben vereinbart, hier noch einmal zu telefonieren.

An einer Begegnung mit dem Unbekannten ist sie nicht sonderlich interessiert. Oder vielmehr: Sie hat Angst davor *und* ist nicht sonderlich interessiert. Aus Höflichkeit wird sie trotzdem zusagen. Eine winzige Portion Neugier ist auch dabei, verschwindend klein angesichts der Vorstellung, einem Fremden schwierige Fragen beantworten zu müssen.

Nora steht auf. Leichter Schwindel. Sie geht über den heißen Zementboden zur Treppe, steigt die Stufen hinunter in den kleinen Innenhof. Durch die offene Glastür sieht sie Tante Milia in der Küche stehen, das Telefon in der ausgestreckten Hand.

„Für dich. Ein Alejandro."

Er hat eine melodische Stimme. Argentinischer Klang und angenehm tief, das ist ihr schon bei seinem ersten Anruf aufgefallen. Seit einer Woche ist er in der Stadt. Diesmal spricht er von Anfang an Deutsch mit ihr. Er schlägt vor, sich bald zu treffen, warum nicht gleich übermorgen, an der Plaza Belgrano? Nora holt tief Luft. Gut, um vier in der *Confitería Zeta*.

Sie streicht sich das Haar aus dem Nacken und setzt sich an den runden Küchentisch, wo Milia ihre Augen vom zerschnittenen Himmel eines Puzzles hebt und Nora mustert. Camilos Tante ist es trotz sichtlicher Bemühungen noch nie gelungen, ihre Neugier zu verbergen. Am besten man entscheidet sich schnell, ob man ihr nachgeben will oder nicht. Nora kapituliert sofort. Sie wird jetzt das Nötigste erklären, sonst gibt Milia keine Ruhe.

„Alejandro ist der Bruder eines früheren Freundes von Camilo. Der jüngere Bruder von Henry. Sagt dir der Name etwas?"

„Natürlich. Wegen Henry wollte Camilo doch damals nach Deutschland. "

Tante Milia ist weit über achtzig, hat aber immer noch ein ausgezeichnetes Gedächtnis.

„Genau."

„Und was will sein Bruder von dir?"

„Er wollte mit Camilo reden. Hatte keine Ahnung. Ausgerechnet jetzt ruft er an, dabei lebt er selbst schon lange in Deutschland, gar nicht so weit entfernt von uns. Du weißt, was damals passiert ist, oder?"

Milia zieht die Augenbrauen hoch: „Natürlich. Aber das ist doch schon ewig her!"

Sie schiebt das Brett mit dem Puzzle zur Seite. Puzzeln beruhigt sie. Dieses Puzzle ist riesig, tausend Teile. Sie hat wie immer mit dem Himmel angefangen.

Camilos und Noras gemeinsame Zeit in der Heidelberger Altstadt wird ans Licht gezerrt, ein Leben, das Jahrzehnte zurückliegt und das Milia nur aus Erzählungen kennt. Aber auch von diesen Erzählungen hat sie erstaunlich viel behalten. Nora bewegt sich mühsam durch die ferne Vergangenheit, in Gedanken ist sie bereits bei dem Treffen übermorgen. Eine Kraftanstrengung. Sie wird auch da zurück müssen in alte Zeiten, die sie wie einen weiteren Verlust erlebt. Wird sich einen inneren Film anschauen müssen, den sie schon zigmal gesehen hat und der mehr denn je zum Museumsstück geworden ist. Aber die offenen Fragen sind geblieben.

Die Unterhaltung mit Milia bekommt Risse. Nora steht auf, wäscht zwei Gläser ab, die in der Spüle stehen, und sagt, sie wolle sich noch eine Weile auf die Dachterrasse setzen.

Sie ist wieder in Buenos Aires. Ein heißer Tag Ende Februar. Sie blickt auf die Bäume an Milias Straße und fragt sich, wie sie die beiden Wochen in diesem Land aushalten soll. Sie wollte ja kommen, niemand hat sie dazu gedrängt, aber es wäre auch undenkbar gewesen, es nicht zu tun. Deshalb hat sie vor ein paar Monaten Camilos Familie ihren Besuch angekündigt, die sich zu freuen schien, hat das Ticket gebucht und sich vor zwei Tagen auf den Weg gemacht. Hinter ihr liegt der lange Flug, und noch hier, unter der strahlenden Sonne, spürt sie im Rücken die vierzehnstündige Enge.

# 2
# Fliegen

Sie hat alle Hürden genommen, die tatsächlichen und die eingebilde-
ten, und sitzt im Dröhnen der Maschine, den Magen in miserabler
Verfassung, wie bei jedem Start. Diesmal fliegt sie nonstop von Frankfurt nach Buenos Aires. Keine Zwischenlandung, kein ermüdendes
Warten auf einem Flughafensitz in Madrid oder Rom oder Sao Paolo. Zum
ersten Mal hat sie einen Direktflug gebucht, der Preis war ihr fast egal.

Neben ihr hat sich ein ausgesprochen dicker Mann niedergelassen.
Als habe man beschlossen, das genaue Gegenstück zu Camilo neben
ihr zu platzieren, um ihn aus ihren Gedanken zu vertreiben. Für einen
Argentinier ist diese überwältigende Körperfülle ganz untypisch, auch
wenn es inzwischen im Land so einige Dicke gibt. Unter anderem, weil,
vermutet Nora, die nordamerikanischen Ernährungsgewohnheiten
jetzt auch im südlichen Teil des Kontinents ihre Folgen zeigen. Sie hatte den Mann für einen Europäer oder Nordamerikaner gehalten. Aber
wie sich soeben herausgestellt hat, ist er ein Landsmann von Camilo.

Vor ihnen liegen fast vierzehn gemeinsame Flugstunden. Nora
hat sich am Fenster eingerichtet, ihr Buch aus der Handtasche geholt
und in das Fach an der Vorderlehne geschoben, den kleinen MP3-
Player daneben. Bei ihrem Nachbarn ging der Einzug schnell, er hat
sich hingesetzt und sich bis auf eine kurze, ärgerliche Unterbrechung
nicht mehr geregt. Er hat nahezu keine Bewegungsmöglichkeit, da er
fast den gesamten Raum zwischen Sitz- und Vorderlehne ausfüllt.

Nora schwankt zwischen Mitleid und unangenehmen Vorah-
nungen, was die praktische Seite ihrer Nachbarschaft betrifft. Als die
Stewardess vor dem Start die Gepäckverteilung in den Fächern bean-
standet hat, hat er sich wütend hochgehievt und seine Sachen verteidigt.

Kurz darauf hat er Nora erzählt, er habe bereits einen langen Flug von Lettland hierher hinter sich, hat mit argentinischem Sarkasmus über seine Firma hergezogen, die ihm solche Strapazen zumutet. Jetzt gehe es wieder nach Hause. „Und du?", hat er sie gefragt. „Ich besuche Familie", hat Nora geantwortet.

Dröhnende, bebende Stille. Die Maschine ruckelt. Ihr Nachbar ist verstummt, sie ist froh, sie will nicht reden. Sie blickt aus dem Fenster, dorthin, wo es schon nichts mehr zu sehen gibt außer Schwärze und den mysteriösen Bewegungen kleiner Lichtpunkte auf einem unsichtbaren Rollfeld. Es wird früh dunkel, aber für einen deutschen Wintermonat ist es nicht sehr kalt.

Sie schließt die Augen und greift nach Camilos Hand. Den schweren Maschinen traut sie auch nach so vielen Flügen nicht. Sie sitzt in einem riesigen Wunderding, ohne daran zu glauben, dass es sich in die Luft erheben und am Himmel bleiben kann, während ihr in ihrem Sitz schwindelig wird, während sich etwas in ihr zusammenzieht, das sich frühestens dann entspannen wird, wenn wie aus dem Nichts die Stewardessen auftauchen und geschäftig durch die Gänge laufen. Irgendwann werden ihre Ängste verschwinden, wird sie das Gefühl haben, mit lauter Fremden auf einer Busfahrt zusammenzusitzen, und wird sich abzulenken versuchen wie alle, die im Flugzeug nicht schlafen können.

Tränen brennen ihr in den Augen, ihr Nachbar soll sie nicht laufen sehen, also starrt sie weiter hinaus in die schwarze Nacht. Sie hatte Angst vor der Angst, wie immer, jetzt ist da nur noch dieses Brennen. Und das nutzlose Warum, das sich gegen jede Vernunft durchsetzt. Warum ist er nicht da, warum mache ich diese Reise ohne ihn, warum kann ich nicht seine Hand festhalten und drücken wie jedes Mal? Falls wir abstürzen, sterben wir wenigstens zusammen, hat sie zu Camilo gesagt, wenn die Maschine sich in Bewegung setzte. Er hat schmunzelnd weiter geradeaus geblickt. Und durch ihre Todesangst hindurch schimmerte ein romantischer Fatalismus: Falls es schon sein muss, dann mit dir, ja, so wäre es am besten, so wäre das Ende vielleicht sogar in Ordnung.

Sie sollte statt der abwesenden Hand lieber etwas Greifbares umklammern, ihr Buch vielleicht oder die Armlehne. Aber die hat ihr Nachbar beschlagnahmt, seine Augen sind geschlossen. Unmöglich, zu erahnen, ob er schon schläft oder ob auch ihn etwas lähmt, eine Furcht, ein Überdruss, eine Erinnerung. Ihr Laptop steckt dummerweise in ihrem kleinen Rucksack oben im Gepäckfach. Sie dachte, sie könnte während des Flugs vielleicht ein bisschen an der Übersetzung des mexikanischen Romans arbeiten, einem Auftrag, der sich auch in Himmelsregionen erledigen ließe. Aber die Arbeit ist ihr in diesem Moment egal und sie befürchtet, dass sie auch in Buenos Aires keine einzige Zeile zustande bringen wird.

Während Nacken und Schultern sich versteifen, hört sie wieder Camilos Stimme, die ihr das Funktionieren der Flügelklappen erklärt, deren Bewegungen man bei Tageslicht und vom richtigen Platz aus durch das kleine Fensteroval beobachten kann. Von seinen Erklärungen hat sie kaum etwas behalten. Die Technik des Fliegens hat sie nie interessiert, ihn dagegen hat sie begeistert, obwohl sein Jugendtraum vom Pilotenleben längst ausgeträumt war. Stundenlang hat er früher Modelle nachgebaut, Flugzeugkörper mit meterlangen Flügeln, die ihre erste gemeinsame Wohnung, eine kleine Behausung unter zwei Dachschrägen, verstopften. Über Wochen haben die riesigen Teile den Tisch belagert, so dass sie zum Essen ihre Teller auf den Schoß nehmen oder in die winzige Küche ausweichen mussten.

Behalten hat sie von seinen Ausführungen, dass Starts und Landungen die gefährlichsten Momente beim Fliegen sind. Camilo hätte ihr nie erklären dürfen, was der Pilot im Ernstfall alles beherrschen muss. Sie wollte keine Einzelheiten wissen, im Übrigen dachte sie an Piloten nicht als erfahrene Fachleute, sondern als Gefühlswesen. Was, wenn er heute verkatert ist? Unglücklich verliebt, schlecht gelaunt, übermüdet? Fliegt er mit Zahnschmerzen, mit Wut im Bauch, von Konkurrenzangst geplagt?

Camilo schmunzelt. Norienchen, sagt er. Wann hat er sich diese Verkleinerung ihres Namens ausgedacht? Sie hat es vergessen. Er wendet den Kopf zur Nacht vor dem Bullauge, blickt auf das Gefunkel der Stadt unter ihnen, von der sie sich aufsteigend entfernen. Sie verkrampft sich noch mehr, ihre Brust wird eng, sie ringt nach Luft, und er entspannt sich, in der Vorfreude darauf, am nächsten Morgen in Buenos Aires zu sein, im argentinischen Sommer, bei seiner Familie.

# 3
## Asche

Sie hat die Asche in eine kleine Plastikdose gefüllt, eine dieser weißen Apothekerdosen für speziell angerührte Salben. Solche Behälter gibt es noch etliche in ihrer Wohnung. Kann man irgendwann gebrauchen, hat Camilo immer gesagt, für Lackreste, Schrauben, herumfliegende Kleinteile. Von Asche war nie die Rede gewesen. Der Deckel ließ sich festzuschrauben, es würde also nichts in den Koffer rieseln.

Vor der Einäscherung hat sie den Mann vom Bestattungsinstitut ins Vertrauen gezogen und um eine Gefälligkeit gebeten. Ein rundlicher Mann mit einer sanften Stimme, geübt in tröstlichen Tonlagen. Sie hat gesagt: „Er war Argentinier, ich würde gern einen Teil seiner Asche in seine Heimat bringen, so hat er es sich gewünscht." Der Bestatter hat geschwiegen und zum Tischende geschaut. Sie hat sehr flach geatmet. „Verstehe", hat er schließlich mit mildem Lächeln erwidert, „Argentinien. Na gut, ich werde etwas Asche für Sie zurückbehalten. Aber das bleibt unter uns. Erlaubt ist es nicht."

Ihr gestauter Atem ist wieder geflossen. An einem engstirnigen Bestatter hätte alles scheitern können. In Deutschland ist die Aufbewahrung der sterblichen Überreste eines Menschen in den eigenen vier Wänden nicht erlaubt, mit ihnen herumzureisen schon gar nicht. Warum heißt es sterbliche Überreste? Sterblich war er vorher, vor seinem Tod. Jetzt ist er tot, seine Überreste leben nicht mehr, auch wenn es für Nora unfassbar ist und sich auch jetzt, vierzehn Monate später, immer wieder anfühlt wie ein langer, scharfer Schnitt durch die Brust.

Der Bestatter war wirklich in Ordnung. Er hatte Camilo persönlich bei ihr abgeholt, obwohl Weihnachten war, hatte Camilo, nicht seine sterblichen Überreste, sondern den tags zuvor gestorbenen Camilo gemeinsam mit einem Helfer abtransportiert. Wohin genau, wollte Nora nicht wissen. Sie wollte auch anschließend nicht wissen, in welchem dunklen Raum sein kalter Körper lag. Allein, ohne sie. Endgültig allein. Sie wollte nichts mehr vom Sterben wissen. Sie würde ihn jetzt täglich zum Leben erwecken, er würde bleiben.

Etliche Male hat sie sich seitdem gefragt, wie es möglich ist, dass man im tiefsten Schmerz noch praktisch denken kann. Wie man es schafft, den Schmerz wegzuschieben, für eine ganze Weile sogar, ihn neben sich oder unter sich zu schieben, sich auf den Schmerz zu setzen wie auf ein Gepäckstück, auf ein Bett, auf den Stuhl, auf dem sie täglich sitzt und arbeitet.

Camilo bleibt, als Schmerz, als Glück, hautnah. Er hat sofort begonnen, sich in ihr einzunisten. Er kann tun und lassen, was er will, sie kann dabei praktische Dinge erledigen. Erledigen. Ihre Rettung. Die Menschheit würde untergehen ohne ihre Erledigungen. Im Meer aus Schmerz, in der Asche des Verlorenen.

Sie blickt wieder in die Schwärze hinter der Scheibe. Camilo, denkt sie und wird es noch tausendmal denken, wo bist du? Setz dich, sie bringen das Essen.

Der Duft nach warmen Soßen schwebt heran, sie klappt ihr Tischchen herunter.

# 4
# Schlaflos

Ihr Nachbar schläft hinter seinem massigen Bauch, der ihm nur eine einzige Sitzposition erlaubt. Sein linker Ellbogen ragt über die Seitenlehne in ihr Revier. Sie kauert sich ans Fenster, zieht sich die dünne braune Decke über die Schultern. Ihr Kreuz tut weh, jetzt schon, von irgendwoher zieht es. Warum hat sie kein Schlafmittel genommen? Camilo hat keine Skrupel gehabt, schluckte Rohypnol und torkelte am nächsten Morgen durch den Gang zum Klo. Bis er wieder richtig lebendig war, befanden sie sich schon auf dem Landeanflug. Unter sich die Küste, die braune Flussmündung, sonnengebadete Felder, Ezeiza, den Flughafen von Buenos Aires. Die gelbe Erde sah nach Wärme aus, in der sie den deutschen Winter hinter sich lassen würden, schlagartig, benommen, glücklich.

Jenseits des Gangs ist ein schwaches Flimmern zu erkennen, ein anderer Schlafloser schaut sich einen Film an oder ist vor den Bildern eingeschlafen. Weiter vorne jammert ein Kleinkind. Das Dröhnen ist so monoton, dass es sich inzwischen beinahe in nichts auflöst. Einschläfernd, aber zu ihr kommt kein Schlaf. Ihr Nachbar schnarcht vielleicht, unhörbar. Müdigkeit und genervte Schlaflosigkeit haben all ihre Ängste verdrängt. Sie fliegt, na und, eigentlich ist nichts dabei. Nur wenn die Maschine absackt, wenn es ruckelt, flackern Schreckensbilder auf, sieht sie das Meer vor sich wie einen schwarzen Todesgraben.

Sie hat sich sehr konzentriert, um von dem graumelierten Pulver nichts zu verschütten. Es hat nur ganz leicht gestaubt, Asche hing unsichtbar in der Luft, hat sich vermutlich auf ihre Hände, auf ihren Pullover gelegt, ein Hauch auf ihre Lunge. Während das Pulver aus der kleinen Plastiktüte rieselte, die der Bestatter ihr einige Wochen nach der

Einäscherung, in ein hübsches grünes Samttäschchen gehüllt, übergeben hatte, hat sie sich unwillkürlich gefragt, was genau diese graue Substanz, dieses Gemisch aus Staub und Körnern einmal gewesen ist. Dabei wollte sie es gar nicht wissen, sie wollte bei dieser Prozedur nicht an ihn denken, nicht an seine dunklen, warmen Augen und die zarte Haut am Beginn der Wangen, die sie so gern mit den Lippen berührt hat. Nicht an den vertrauten Körper. Auch nicht an das schmerzstarre Gesicht. Sie hatte Angst, sie würde alles fallen lassen und sich weinend neben ihn, neben diesen lächerlichen Ascherest, auf den Boden legen. Sie durfte sich nicht fragen, welche Teile von ihm in die weiße Dose rieselten, um die weite Reise anzutreten. Auch nicht, welche in ihrer Wohnung bleiben würden.

Es stand plötzlich fest. Ein kleines bisschen von ihm würde bei ihr bleiben und ihr gehören. Warum sollte sie es nicht behalten dürfen? Nur weil es in Deutschland nicht erlaubt war? Die Japaner bewahrten die Asche ihrer Verstorbenen zu Hause auf. Verehren sie ihre Toten eigentlich wie Heilige, an einem Altar, auf einem Podest? Oder in einem schlichten Bücherregal, auf dem Nachttisch neben der Leselampe? Erzählen sie ihnen abends aus ihrem Leben, wie sie es tut? Beten sie für ihre Toten, wie sie es nicht tut?

Sie verbot sich die Überlegung, was genau sie da gerade portionierte wie eine Apothekerin. Und kam nicht dagegen an. Und dachte plötzlich: Es könnte auch eine Menge Holz in dieser Asche sein, Camilo war ja mitsamt dem Sarg verbrannt worden. Der Gedanke tröstete und enttäuschte sie. War überhaupt etwas von ihm in diesem Pulver? Würde sie wirklich ihn nach Argentinien bringen? Ja. Sie würde ihn, Camilo, dieses graue bisschen von ihm, in sein Land bringen. Ganz egal, wie viel, und wie verboten es war.

Und wieder kam es ihr vor, wie der allergrößte Unsinn, dass er tot sein sollte.

# 5
## Turbulenzen

Fliegen gleicht seit Stunden einer Autobahnfahrt, monoton, gleichförmig. Ihr Magen ist jetzt ruhig. Nur noch in kurzen Momenten sieht sie die Meeresdunkelheit vor sich. Einen Absturz über Land stellt sie sich weniger grauenvoll vor. Der Schrecken des Ozeans liegt in seiner Tiefe, als wäre das Sterben dort von anderen Qualen begleitet, als müsste man in den Fluten erst noch die Vorhölle der Todeseinsamkeit durchqueren, während man beim Auftreffen auf festem Boden im Nu ausgelöscht und von allem erlöst wäre. Das Meer als erste Dimension der Ewigkeit. Mehr will sie sich nicht vorstellen. Sie hat größere Angst vor dem Totsein als vor dem Sterben. Bei den meisten Menschen ist es umgekehrt.

Wie wäre jetzt eine Reise mit dem Schiff? Wunderbar. Sie würde schon nach wenigen Minuten seekrank werden, von der Schönheit des Ozeans kaum etwas mitbekommen, reglos in ihrer Koje liegen und auf die Ankunft warten, die Brechschüssel in Reichweite, das Meer verfluchend. Dabei wäre eine Schiffsreise für sie heute weit angenehmer als für Camilos Großeltern, die Anfang des Jahrhunderts gemeinsam mit Scharen von Auswanderern den Atlantischen Ozean überquert hatten, wochenlang auf See, nachts dicht an dicht mit zahllosen anderen armen Emigranten auf schmalen Pritschen im stinkenden Bauch eines Überseedampfers.

Wieder ist Noras Kopf voller Wasser. Lieber den Bildschirm einschalten und sich ablenken, als weiter über Abgründe nachzudenken. Und über die Frage, wo wir alle enden, wo Camilo jetzt ist und was er jetzt ist. Täglich diese unsinnige Frage, auf die es keine andere Antwort gibt als klägliche oder irrwitzige Gedankenbasteleien oder die Erfindungen der Religionen. Wo ist das wunderbare, grenzenlose, geheimnisvolle Sammelsurium von Leben geblieben, das in ihm steckte, das weit über ihn hinausreichte? Wie konnte es so einfach verschwinden? Der Verstorbene existiert in uns weiter, hört sie diejenigen sagen, die sie trösten wollen. Ja, natürlich. Und nein, will sie wütend schreien, nein, er ist erloschen, dieser Mensch existiert nicht mehr!

Der Film war nichts Besonderes, eine Ablenkung, anderthalb Stunden sind vergangen. Der Bildschirm ist wieder schwarz und Nora geistert plötzlich ein verrückter Gedanke durch den Kopf: Sie könnte Camilos Asche auch wie die von Timothy Leary, diesem LSD-Experimentierer, in die Luft schießen lassen. Irgendein Hobbypilot würde sie mit seinem Flugzeug im Äther verteilen. Sie hat mal gelesen, dass von Learys Asche sieben Gramm ins Weltall katapultiert wurden. Sieben Gramm? Mit der Briefwaage abgewogen? Hätte Camilo so ein Blödsinn gefallen? Eher nicht. Oder vielleicht doch. In anderen, gesunden Zeiten hätte er das Bild vermutlich gemocht: ein Flugzeug, das ihm, dem Flugzeugliebhaber, ein Grab im Himmel schenkt.

„Werden sie mich am Flughafen verdächtigen, explosives Pulver mitzuführen?", hat sie Freunde gefragt. Man hat sie beschwichtigt. Aber wer hatte schon eine Ahnung, keiner ihrer Freunde hatte je eine solche Ware geschmuggelt. Sie wusste, wie nervös sie sein würde vor dieser Reise. Und die illegale Fracht würde sie noch nervöser machen. Einmal hat Camilo ihr bei der Ankunft in Buenos Aires gebeichtet, er habe ein Stück Haschisch in der Hosentasche mitgenommen, ihr aber nichts davon gesagt, um sie nicht zu beunruhigen. Noch im Nachhinein hat sich ihr Magen zusammengezogen. Wenn sie richtig Angst bekommt, wird ihr auch richtig übel. Sie kennt sich aus. Sie weiß, dass sie dann ganz ruhig ein- und ausatmen, sich möglichst ablenken muss. Es funktioniert längst nicht immer. Vor dieser Reise nach Argentinien, der ersten ohne ihn, hat die Trauer einen Teil der Flugangst verschluckt und die Nervosität einen Teil der Trauer. Sie hat sich vorgestellt, der Mensch an der Gepäckkontrolle werde vor seinem Bildschirm stutzen und sich fragen, was in dieser Dose ist, werde den Koffer öffnen und die weiße Miniatururne herausholen lassen, die Beamten anweisen, Nora in einen Verhörraum zu führen und zu ihrem Gepäck zu befragen. Von solchen Prozeduren haben ihr Besucher aus anderen Kontinenten berichtet. Aber nichts dergleichen ist passiert, keiner hat sich für sie oder ihre Dose interessiert.

Zu Hause hatte sie den Deckel fest zugeschraubt, die Dose testweise umgedreht und ein wenig geschüttelt. Alles dicht. Vor der Fahrt nach Villa Gesell wird sie sie in ihren Badeanzug wickeln. Am Meer öffnen. So lange wird diese Fracht in Milias Wohnung im Koffer liegen. Von Buenos Aires wird sie mit der Dose vierhundert Kilometer nach Süden fahren, an die Küste, zu Camilos Schwager und seinem Neffen. Ein weiter Weg für so ein winziges Häufchen grauer Asche. Dunkelgrau, staubig, mit kleinen Teilchen darin, die ihr keine Ruhe lassen.

Turbulenzen. Aha, da sind sie. Ihr Nachbar regt sich nicht. Es kann nicht sein, dass er weiterschläft bei diesen Luftsprüngen, die die Maschine vollführt. Der Kapitän meldet, was alle wissen und am ganzen Körper spüren: Das Flugzeug schwebt nicht mehr durch einen glatten Himmel. Etwas zerrt an ihm und schubst es hin und her, und Nora weiß, lange darf das nicht weitergehen, sonst wird ihr schlecht. Wie auf ihrem allerersten Flug.

Damals, vor dreißig Jahren, zwischen Frankfurt und Zürich. Irgendwelche Himmelskräfte rissen mit halsbrecherischer Wucht an der Maschine und hämmerten von allen Seiten auf sie ein, so heftig, dass Nora speiübel wurde. Camilo und sie: zuckend und ruckelnd Hand in Hand. Er habe so etwas noch nie erlebt, gestand er. Aha, dann würde es also jetzt passieren, dachte sie, bei ihrem ersten Flug. Absturz und Tod, das, was sie sowieso in jeden Flug hineindenkt, was ihr im Grunde folgerichtig erscheint.

Aber dann ging es in den nächsten dreißig Minuten nicht um den Tod, sondern um das Elend in ihrem Magen. Ob sie beim Aufprall der Maschine auf irgendeinem Alpengipfel sterben würde, war nicht mehr wichtig. Sie litt wie auf den schlimmsten Autofahrten in ihrer Kindheit. Sie löste sich auf, sie war das Opfer widerlichster Übelkeitswellen, der Magen das Zentrum der Welt. Ruhe! Landen! Aufhören! wollte sie jammern. Als sie Zürich erreichten, war sie nur noch ein blasses, schlaffes Ding. Das Schöne: Nach diesem ganzen Elend machte ihr der lange Flug über den Atlantik kaum noch Angst, sie war viel zu erschöpft dafür. Sie würde sich dem nächsten Abschnitt der Reise überlassen wie jemand, der sich müde ins Bett legt.

Die Turbulenzen sind vorüber, das Flugzeug hat die stürmischen Winde hinter sich gelassen und ist hoffentlich heil geblieben. Unser Flugzeug, denkt Nora. Wir, ein getragenes und geschütteltes Wir. Eine Gruppe festgeschnallter Menschen, dicht an dicht, ein riesiges Puzzle in der Luft, mit ein paar Leerstellen, aber die Teile lassen sich fast genauso wenig verschieben wie in einem richtigen Puzzle. Hunderte, die sich nicht kennen und nicht kennenlernen werden, nur einige wenige vielleicht, zwei Sitznachbarn oder zwei nächtliche Klogänger, die nebeneinander in Strümpfen darauf warten, dass sich die Toilettentür öffnet, zwei, die zusammenstehen, als hätten sie sich auf dem Flur einer Jugendherberge getroffen, hinter ihnen der große fliegende Schlafsaal, die volle Kantine. Zu Hause haben Camilo und Nora manchmal das Essen im Flugzeugsitz nachgespielt, haben, wie Gefesselte mit an den Körper gepressten Armen, lachend ihr Besteck bewegt. In der Maschine haben sie nur den Mund verzogen und behutsam wie alle Mitgefesselten die kleinen Portionen verzehrt, hungrig oder nicht, froh über die Beschäftigung. Danach haben sie sich eine Schlafposition zurechtgebaut.

# 6

## Zu spät

Über dem Ozean kommt noch immer kein Schlaf. Eine Gestalt wankt durch den dunklen Gang, in dieser unfassbar hohen Luftetage, man könnte jetzt überall im Weltall sein. Nora zieht sich die Synthetikdecke bis unters Kinn.

In Buenos Aires ist es bestimmt noch sehr warm, obwohl dort im Februar die heißeste Zeit des Jahres allmählich zu Ende geht. Das kalte Buenos Aires kennt Nora nicht. Aber sie kennt die grauen Sommertage und die Tage endlosen Regens, Wände aus Wasser, unermüdliches Strömen, das Straßen in Bäche verwandelt. Dann bleibt man im Haus und wartet in stickiger Wärme auf das Ende der Sintflut. Nach dem Regen kehrt keine Abkühlung ein, die Haut bleibt klebrig, der nahe Rio de la Plata ist schuld. Man sinkt in diesen Sommerwochen in einen Sessel oder aufs Bett, wer kann, genießt das Langsamerwerden und Aufweichen des Körpers, die feuchten Zärtlichkeiten, Nora hat sie geliebt. Und draußen warten Menschenschlangen vor den Banken stoisch in der glühenden Mittagssonne, weil es nicht anders geht. Auch das ist Buenos Aires.

Im Dunkeln ist ihr der linke Arm des schlafenden Mannes in den Schoß gefallen. Sie hat am Fenster gedöst, an ihre permanent absturzgefährdete Konstruktion aus Handtasche und Kissen gelehnt, als plötzlich das fremde Gewicht auf ihre Hüfte sackte. Vorsichtig hebt sie den Arm an, staunt, wie schwer er ist, und schiebt ihn zu ihrem Nachbarn zurück. Der holt einmal tief Luft, öffnet vielleicht die Augen einen Spalt, ohne zu begreifen, was los ist, schläft weiter.

Nora geht der unbekannte Anrufer namens Alejandro durch den Kopf. Ein Bruder von Henry, hat er gesagt. Und? Sie wird nichts für ihn tun können. Henrys tragische Geschichte ruht in tiefster Vergangenheit und sie kennt einzig und allein ihren Höhepunkt. Erst einmal muss sie ankommen. Wenn sie an Camilos Familie denkt, an den Empfang am Flughafen, wenn sie sich vorzustellen versucht, mit welchen Gesichtern Luca und Susana und vielleicht die alte Tante in wenigen Stunden vor ihr stehen werden, wird alles weiß. Sie sieht nichts mehr. Ihre Gedanken flüchten an den Rio de la Plata, der braun ist wie ein Fluss und weit wie ein Meer, in die breiten Straßen der Innenstadt, in den Stadtteil Belgrano, in dem vor Jahren Camilos Familie gewohnt hat. Alejandros Familie offenbar auch.

Um zehn Uhr abends klingelte das Telefon. Ein Mann namens Alejandro soundso wollte mit Camilo sprechen. Sie hat ihm erklärt, warum das nicht mehr möglich ist. Er hat ihr erklärt, worum es geht. Aber Camilo ist nicht mehr zu sprechen, der Fremde hat vierzehn Monate zu spät angerufen. Dabei hätte er so viel Zeit gehabt, um Kontakt mit Camilo aufzunehmen. Außerdem lebt er irgendwo bei Frankfurt, nicht mal zwei Stunden entfernt. Was ist in seinem Leben passiert, dass er sich auf einmal wieder für das Schicksal seines Bruders interessiert? Hat er es jahrzehntelang verdrängt, um es wenige Wochen vor Noras Reise aus der Versenkung aufsteigen zu lassen?

Nora kennt Camilos Freund Henry nur aus Erzählungen. Von einem Bruder hat sie, soweit sie sich erinnern kann, nie etwas gehört. Am besten wird sie das Ganze so schnell wie möglich hinter sich bringen. Es gibt genug anderes, was ihr in Argentinien bevorsteht. Alejandro, denkt sie wie das letzte Wort eines Textes, den sie am Bildschirm schließen und vorläufig vergessen wird.

Sie muss mal, aber die Vorstellung, den Berg neben sich zu überwinden, drückt sie noch tiefer in ihren Sitz, aus dem sie sich seit dem Start noch kein einziges Mal erhoben hat. Sie müsste den Schlafenden wecken,

wagt es nicht. Täte sie es in der Not, in einer Anwandlung von Platz-
angst oder Verzweiflung über das pausenlose Brüllen der Maschine,
über die Unmöglichkeit, in diesem schmalen Sitz zu schlafen, über das
schmerzende Kreuz und diese ganze verdammte Reise, müsste sie zu-
sehen, wie der Berg neben ihr sich mühsam aus seiner Falle befreit.
Müsste sich entschuldigen, an seinem missmutigen, müdigkeitsstarren
Gesicht vorbeischauen, sich hinausschieben und beeilen, weil ihr
Nachbar auf ihre Rückkehr wartet, um weiterschlafen zu können. Hat
er irgendwas eingenommen? Wie schafft er es, sich die ganze Nacht
nicht zu bewegen, nicht einmal den Rücken zu strecken? Während sie
sich hin und her dreht und sich im Sitz hoch und hinunter schiebt.
Warum hat sie nichts geschluckt? Warum war sie so sehr darauf
bedacht, den Flug ohne chemische Hilfe zu überstehen? Dabei liegen
starke Beruhigungstabletten in ihrer Handtasche, für den Ernstfall, Panik.

Sie verdrängt den Wunsch nach einer Erleichterung ihrer Blase,
sie wird sich irgendwie totstellen. Den Nachbarn seiner Betäubung
überlassen. Sie schließt die Augen, rückt den Kopf auf der am Fenster
zusammengerollten Jacke zurecht.

Das Dröhnen könnte fast ein auf höchste Stufe verstärktes Regenrauschen sein. Bei Nora allerdings ohne Schlafmitteleffekt. Ihre Augen
sind geschlossen. Über den Blick dringt nichts in sie ein, dafür sind ihre
Ohren randvoll. Sie fragt sich, wie das Flugpersonal und der Pilot diese permanente Lautstärke aushalten. Vermutlich hören sie das Dröhnen gar nicht mehr. Sie hört es über weite Strecken ja auch nicht mehr.
Weil es sich schon in ihrem Körper eingenistet hat und ein Haut-
und-Knochen-Summen geworden ist.

So wie Camilos Regenrauschen in der Nacht. Regen war seine
Nachtmusik. Er steckte sich beim Schlafengehen Stöpsel in die Ohren,
drückte auf die Start-Taste seines kleinen CD-Players und es begann

in seine Ohren zu regnen. Ein sanfter Wasserfall, gleichmäßiger Dauerregen wie in Macondo.

Den Regen hatte er sich im Internet zusammengesucht, sich aus irgendwelchen Dateien ein mit gelegentlichem fernem Donnergrollen geschmücktes Regenkontinuum gebastelt. Aus dem gefundenen Klangmaterial hatte er das Beste herausgeschnitten und zusammenmontiert, darin war er geübt, er tat es mit Musik, wenn er die Aufnahmen seiner Trios und Quartette bearbeitete. Er liebte Regengetrommel am Fenster, im Sommer auf der Zeltplane. Nachts schloss er sich von Zeit zu Zeit in Regen ein. „Sollen wir es laut stellen?", hat er Nora gefragt. Regen im Schlafzimmer? „Och nee", hat sie gesagt, „hör ihn dir lieber alleine an."

Seit er krank war, raubte ihm Stille endgültig den Schlaf. Zu Hause oder in der Klinik, der Regen musste ihn fortschwemmen in ein friedliches Nichts. Im Bett, am liebsten neben Nora, zog er sich seine Regendecke über die Ohren, und die schmerzhaften Tage konnten säuselnd und sachte trommelnd zu Ende gehen.

Nein, das Flugzeugdröhnen hält dem Regenvergleich nicht stand. Es ist kein zarter Klangteppich wie das Rauschen in Camilos Ohren, das erst abbrach, wenn die CD zu Ende war. Aber da schlief der Berauschte längst.

# 7
# Ezeiza

Es beginnt nach kosmetischen Produkten zu riechen. Passagiere bewegen sich durch die Gänge, und Nora ist plötzlich zum Heulen zumute. Ausgerechnet in dem Moment, als ihr Nachbar ein schiefes Guten-Morgen-Lächeln mit ihr tauscht. Ein Steward eilt vorbei mit von Schlaf oder Schlaflosigkeit zerknitterten Augen. Nora erhebt sich von ihrem Sitz, der Nachbar verlässt seinen Platz, sie dankt und stellt sich in die Schlange vor der Toilette.

Brasilien ist bald überflogen, viel fehlt nicht mehr. Gerüche nach warmem Essen steigen ihr in die Nase. Hunger kommt und schon wieder die zermürbende Leier: Warum das alles ohne ihn? Vor dem Fenster taucht von irgendwoher in Schlieren Helligkeit auf. Nora beginnt sich auf das Ende der Zwangsposition zu freuen. Für kurze Momente hat sie wohl doch geschlafen, aber die Summe dieser Momente ergibt nicht mal eine Stundenzahl. Sie wird todmüde in Buenos Aires ankommen, blass der sonnengebräunten Familie gegenüberstehen, wird auf dem Rücksitz von Lucas Auto Fragen beantworten und Fragen stellen, einfach reden, um den Widersinn dieser Ankunft zu übertrumpfen.

Nach dem Frühstück füllt sich der Passagierraum mit Bewegung, Leute wanken zu den Toiletten, viele noch als sonderbare Nachtgestalten in improvisierten Reisepyjamas. Dann ordnet der Kapitän Sitzenbleiben an. Tief unter ihnen liegt eine sonnenbeschienene Landschaft. Felder, Grünflächen. Wolken schieben sich in ihren Blick. Nora würde gern über die Wattekissen wandern, bis zu den Knöcheln einsinken. Das Flugzeug schwebt über Uruguay, nähert sich Buenos Aires.

Argentinischer Sommer, schlicht und einfach. Wie heiß ist es jetzt, um halb elf, in Ezeiza? Plötzlich jagt ihr die bevorstehende Landung einen Schreck in die Glieder, sie schließt die Augen. Übelkeit. Sie will schlafen, endlich schlafen, ohne jemals anzukommen, vor den Augen nur Dunkelheit, sie will vom Dröhnen der Maschine aufgesogen werden.

Wenn sie schon weint, wenn sie schon nicht mehr schlafen kann, warum das Drama nicht musikalisch begleiten? Verflucht sei der dröhnende Schleier, Musik bleibt Musik. Und selbst wenn Nora vieles jetzt nicht mehr hören kann, weil sie es gemeinsam mit Camilo geliebt hat, gibt es noch einiges, was ihr allein gehört. Sie steckt sich die Stöpsel des MP3-Players in die Ohren, wählt aus. Melodisch-rhythmische Steigerung der Gefühle, die Musik pflügt den Schmerz wie trockene Erde auf. Die Musik wird zum Brandbeschleuniger. Sie glüht, sie schmilzt, sie strömt hinaus in den Himmel über dem Rio de la Plata. Kein Zweifel, Musik trägt besser als fliegende Maschinen.

Buch, Kopfhörer, MP3-Player einpacken, Schuhe unterm Vordersitz suchen, die Gelegenheit nutzen, dass der Nachbar sich am Gepäckfach zu schaffen macht, um den Körper in alle Richtungen zu dehnen. Dann faltet sie die Polyesterdecke zusammen und legt sie sich wie eine Katze auf den Schoß. Greift hinein, hält sich am Katzenkörper fest.

Es zieht in der Brust. Die Maschine sinkt, ich sinke ohne ihn wir alle sinken und alles mit uns mit mir die Leere seine Asche meine Traurigkeit meine Freude auf Argentinien meine Angst in den Rio de la Plata zu stürzen oder auf der Rollbahn aufzuprallen ein Pilotenfehler der Tod auf argentinischem Boden meine Angst bei der Ankunft in die Knie zu gehen wie ein angeschossenes Tier Angst die Familie zu begrüßen ohne den der fehlt mit Tränen die ich nicht bremsen kann.

Es zieht, es wackelt, das Dröhnen erreicht eine neue Stufe, wird zum Kreischen, gleich vorbei, es holpert, wir rollen über festen Boden, wir rollen schnell und atmen tief, die Nacht und der Flug sind zu Ende.

# 8

# Buenos Aires

Viel Platz am Straßenrand. Sie nähern sich den Außenbezirken von Buenos Aires. Noch ist überall Grün zu sehen oder vielmehr vergangenes Grün, schmutziggelbe Flächen zwischen niedrigen Bauten in einer Landschaft, die noch keine Stadt ist, aber auch nicht mehr Land, zumindest Land im deutschen Sinne. An diesem Undefinierbaren, das eigentlich unschwer zu definieren wäre, wofür Nora aber zu müde und vom Kontinenten- und Jahreszeitenwechsel zu verwirrt ist, geht es vorbei Richtung Stadt. Die lange Fahrt unter der Sonne wird bald im Halbdunkel enden, ganz gleich in welchem Haus, ob bei Tante Milia oder bei ihrem Sohn Luca, zu dieser Jahreszeit ist es halbdunkel in allen Häusern, in denen der Alten ganz besonders.

Gefasst wollte sie sein, als Luca und seine Frau Susana sie umarmt haben, aber sofort schossen die Tränen hoch. Beide haben sie mit ernster, liebevoller Miene angeschaut. Milia war nicht dabei, zu anstrengend für sie, Nora war ein kleines bisschen enttäuscht. Dann folgten sofort die praktischen Dinge: Luca muss den Wagen holen, es war nicht leicht, einen Parkplatz zu finden, wir müssen eine Weile warten, bis er am Ausgang vorfährt. Der Flughafen hat sich vergrößert seit Noras letztem Besuch, aber alles ist noch überschaubar. Das hat ihr an Ezeiza immer gefallen: ein kleiner Flughafen für eine Metropole mit zig Millionen Einwohnern.

Es ist warm und sonnig, die Tränen sind versiegt, sie begreift noch nicht wirklich, dass sie hier ist.

Alles, was sie jetzt durchquert, ist radikale Vergangenheit. Sie sitzt auf der Rückbank eines Wagens, eingesperrt in die Gegenwart der Vergangenheit. Alles geht weiter, als wäre nichts passiert. Warum bleibt die Welt, wie sie war, obwohl er tot ist und sich alles verändert hat? Das Außen will von Noras Innen nichts wissen, Ende Februar bleibt Ende Februar, die Sonne über der Schnellstraße nach Buenos Aires ist wie immer die Sonne über der Schnellstraße nach Buenos Aires. Und erst recht wird Buenos Aires die gleiche Stadt sein wie eh und je, werden auch die Wohnungen der Familie nicht anders aussehen als sonst, und wenn ein Sofakissen durch ein neues ersetzt wurde, dann nicht wegen des verstorbenen Neffen und Cousins.

Im Wagen wird über die Veränderung hinweggeredet. Nora beantwortet Fragen und erzählt. Kaum ein Stocken in der Unterhaltung, aber sie sitzt hier auf der Rückbank an einem falschen Ort, spielt ein falsches Spiel, was macht sie in diesem Auto? Zu warm angezogen sowieso, die Augen trocken vor Müdigkeit. Sie wird ihren Part zu Ende spielen müssen, auch wenn das ganze Stück eine Farce ist.

Luca lenkt den Wagen gekonnt zwischen langsameren und schnelleren, sich dicht ans Fenster herandrängenden PKWs und Pickups hindurch. Von Zeit zu Zeit schließt Nora die Augen, mit dem Aufprall rechnend. Aber alles geht gut, auch das ist gleich geblieben. Im wilden Verkehr auf den sechs Spuren der *Panamericana*, auf der Markierungen wenig zu bedeuten haben, weil auch acht Wagen nebeneinander Platz finden und grundsätzlich der Schnellere, Geschicktere, Kaltblütigere gewinnt, sind Camilo und sie noch nie in einen Unfall geraten. Die argentinischen Autofahrer sind unerschrockene Spieler. Sie bewältigen den Verkehr, als müssten sie sich nur mal eben den Schweiß von der sommernassen Stirn wischen.

Nora erzählt von Alejandros Anruf in Heidelberg: „Ein Bekannter aus Camilos Studienzeit wollte mit ihm sprechen." Den Namen habe er nie gehört, sagt Luca und blickt dabei in den Rückspiegel zu Nora.

„Er hat gesagt, er sei der Bruder von Henry, der damals in Heidelberg gelebt hat."

„Ach so, ja. Henry."

Sie habe ihm erklären müssen, was mit Camilo passiert ist. Zufällig sei er jetzt gerade auch in Buenos Aires.

„Ich habe ihm die Nummer deiner Mutter gegeben."

„Mir hat sie nichts erzählt."

Sie verlassen die *Panamericana*, fahren in eines der typischen Wohnviertel am nördlichen Stadtrand. Hier ist noch nichts Imposantes zu sehen. Das „Paris Südamerikas", wie Buenos Aires gern genannt wird, liegt anderswo, im Zentrum der Metropole. Aber genau wie dort verweist auch hier jede Straße, jede U-Bahn-Station, jeder kleine Bahnhof auf einen vaterländischen Helden. Klangvolle spanische, englische oder italienische Namen. Einer hat es Nora besonders angetan: Crisólogo Larralde, ein Name wie der Anfang eines Gedichts.

Einstöckige Einfamilienhäuser stehen wie erdrückt neben hohen Wohnblöcken. Hier und da eine grüne Insel, prachtvolle Bäume in fast jeder Straße, die *Porteños*, wie die Einwohner von Buenos Aires heißen, haben Glück mit ihrer begrünten Stadt. Eine Klapperkiste rattert vorbei, ein Modell aus den Fünfzigerjahren, aber davon gibt es inzwischen, anders als noch vor dreißig Jahren, nicht mehr viele. Auf einem geparkten Auto steht eine leere Flasche, das bedeutet, es ist zu verkaufen. Wenn sie jetzt weiter Richtung Zentrum führen, würden sich die Baustile immer wilder mischen. Neben einem einstöckigen Haus ein Riese anstelle des einstigen passenden Nachbarn, neben prunkvollem Neoklassizismus Betoneintönigkeit, kilometerlang, bis im Zentrum die großbürgerlichen Wohnhäuser im Pariser Stil auftauchen und ein einheitliches Bild ergeben würden.

Die Weite des Landes spiegelt sich in der Weite der Avenidas. Camilo war stolz auf seine Stadt. Er hat Nora bei ihrem ersten Besuch in Buenos Aires die breiteste Straße der Welt mit ihren sechzehn Spuren gezeigt. In der Mitte den riesigen Obelisken. Natürlich auch die Plaza de Mayo, La Boca in all ihren Farben, Florida, den Friedhof von Chacarita und alles, was Besucher hier besichtigen. Und aus der Ferne den imposanten Bau der Armeeschule Escuela de Mecánica de la Armada, größtes geheimes Haft- und Folterzentrum während der Diktatur.

Susana plant für später, wenn Nora sich ausgeruht hat. Schon zu Beginn der Fahrt hat sie angekündigt, sie würden mit Laura zum Essen kommen. „Milia braucht sich um nichts zu kümmern, wir bringen alles mit."

Luca parkt vor dem Haus seiner Mutter, hievt den Koffer aus dem Wagen und rollt ihn bis zur Gittertür, hinter der ein schmaler Gang beginnt. Die erste Haustür auf der linken Seite öffnet sich. Eine alte Frau mit dunkelbraun gefärbtem Haar tritt heraus, ein wenig schwankend, ein schmales Lächeln im Gesicht. Tante Milia nimmt Nora in die Arme. Zum ersten Mal nur sie allein. Nora unterdrückt die Tränen.

In Milias Haus ist es angenehm kühl. Sie setzen sich in die Küche, trinken kaltes Wasser, Noras Haut brennt vor Müdigkeit. Rasch besprechen sie den Abend, dann verabschieden sich Luca und Susana. Nora wird sich ihre Wintersachen ausziehen und schlafen.

# 9
## Im Halbdunkel

Nur wenig Licht dringt aus dem kleinen Innenhof in Milias Küche. Der Hof ist grün überspannt mit einer Plane, die Luca angebracht hat, um das Glasdach abzudunkeln. Kein einziger Sonnenstrahl darf in die Höhle fallen. Alle Ritzen sind dicht, die Sonne ist der Feind. Zum Gang hin, der Milias Haus mit den beiden Nachbarhäusern verbindet, liegen zwei kleine Fenster, zwei Öffnungen zum Licht. Viel ist es nicht, der Gang ist eine enge, nach oben offene Schlucht.

In den letzten Jahren haben Nora und Camilo in Buenos Aires immer bei Tante Milia gewohnt. Camilos Eltern leben schon lange nicht mehr, seine Schwester ist vor Jahren mit der Familie an die Küste gezogen. Zur Begrüßung erschienen jedes Mal Luca und Susana mit ihrer Tochter Laura. Sie saßen alle um Milias runden Küchentisch und aßen die Begrüßungsspezialität: mehrfach gestapelte watteweiche, rindenlose Weißbrotscheiben mit raffinierten Füllungen.

Nach dem Essen ging Nora meistens in den Hof und stieg die schmale Treppe zur Dachterrasse hoch. Oben schlug ihr grelles Sonnenlicht entgegen, in das sie eintauchte wie in ein heißes Bad. Nach zehn, fünfzehn Minuten kehrte sie in die dunkle Küche zurück, matt und mit geröteter Nase, Lichtpunkte vor den Augen. Die Familie grinste nachsichtig. Anfangs verstand Nora das ständige Fernhalten der Sonne nicht, und Camilo verstand nicht, dass sie es nicht verstand. „Typisch deutsch", sagte er. Sie ist trotzdem bei ihrem Ankunftsritual geblieben. Erst nach dem Sonnenbad war sie wirklich und ganz in Buenos Aires und konnte Vernunft annehmen.

Sie geht in ihr Zimmer und holt die Geschenke und das Weihnachtsgebäck aus ihrem Koffer. Obwohl die Feiertage längst vorbei sind, hat sie auch diesmal Plätzchen gebacken. Seit Noras und Camilos erster winterlicher Argentinienreise mit selbstgemachten Plätzchen im Gepäck hat sich die ganze Familie bei jedem Besuch dieses Mitbringsel gewünscht. Weihnachten, in Argentinien ein Sommerfest, haben Camilo und Nora mal in der Stadt, mal an der Küste erlebt, in Ventilator-bewegter Wohnzimmerluft oder auf einer Terrasse, mit Sekt und kalten Speisen, dazu Feuerwerksgetöse, von Zeit zu Zeit Sirenengeheul. Irgendwo stand unbeachtet das Plastiktannenbäumchen mit der vorinstallierten Dekoration, das man im letzten Moment aus einem Verschlag hervorgeholt und mit zwei Griffen aufgeklappt hatte. Einmal hat im Garten eine trockene Baumkrone gebrannt, von einem Böller getroffen. Die Feuerwehr musste anrücken und bekam eine Flasche Sekt geschenkt. Es waren fröhliche Heiligabende.

36

Wenn Camilo und Nora die Plätzchen verteilten, nahm jedes Familienmitglied strahlend seine Dose entgegen, öffnete sie kurz, um zu probieren, dann wurde das kostbare Stück beiseitegestellt. Hin und wieder, sparsam, würde sich jeder ein Plätzchen herausnehmen und es sich ganz ohne deutsche Besinnlichkeit auf der Zunge zergehen lassen. Aber da Noras Mürbe- und Zimtsterne nicht so süß waren wie argentinisches Gebäck, hat sie sich bisweilen gefragt, ob nicht übers Jahr die Reste in den Dosen vertrockneten. Erinnerung an den Ausgewanderten.

# 10
# Bariloche

Ist noch gestern Nachmittag? Oder schon heute Morgen? Es riecht ein bisschen verbrannt, Nora tippt auf Frühstückstoast. Im Halbdunkel rätselt sie, ob ihr zweiter Tag in Buenos Aires ein sonniger ist, denn auch das Fenster ihres Zimmers geht auf den trüben Innenhof. Sie liegt in dem Gästebett, in dem immer Camilo lag. Das Klappbett, das Luca bei früheren Besuchen für Nora aufgebaut hat, steht unbenutzt an der Wand. Sie liegt im leichten Sommernachthemd auf dem Laken und will nicht da sein.

Es hilft nichts. Aufstehen, Milia begrüßen, Camilo am Herd stehen oder im Hof seine erste Zigarette rauchen sehen. Milia und sie werden ihn beide sehen, aber ihn nicht erwähnen so früh am Morgen, sie werden ihm seinen Frieden lassen. Das haben sie ja auch getan, als er noch lebendig da draußen saß und rauchte, gedankenversunken, kaum für ein Gespräch zu gewinnen. Wie schon immer werden es die Frauen sein, die reden, Milia wird irgendwann fragen, was sie zum Mittagessen kochen soll, im Radio wird leise Musik laufen, Klassik oder Tango. Was wird Nora einfallen, um ihn unerwähnt zu lassen, der da hinter der Glasscheibe sitzt, ein Bein übers andere geschlagen, mit verschlossener Morgenmiene, der jetzt zu ihnen beiden herüberschaut oder in einer Zeitung blättert? Während seine Tante und seine Frau auf das Kochen des Teewassers warten.

Aber Milia ist nicht da, wahrscheinlich ist sie in ihrem Schlafzimmer. Gefrühstückt hat sie schon, eine Tasse steht neben der Spüle, die Pfanne auf dem Herd. Milia toastet morgens auf ihrem Gasherd Weißbrotscheiben auf dem kleinen Rost einer schmiedeeisernen Pfanne. Immer noch nach der alten Methode. Auch Sahne schlägt sie nach wie vor mit schwingendem Handgelenk. Ihr Kühlschrank ist gut dreißig Jahre alt, ihr Fön fünfzig.

Nora geht ins Bad, zieht sich an, setzt Wasser auf. Alles in diesem Haus ist ihr vertraut, die Handgriffe sind dieselben wie eh und je. Lange blieben Camilo und Nora nie bei Milia. Meistens verließen sie Buenos Aires nach ein paar Tagen und fuhren mit dem Reisebus nach Süden, an die Küste. Camilo wollte zu seiner Schwester nach Villa Gesell, in den Badeort mit dem deutschen Namen, den ein Herr Gesell in den Dreißigerjahren gegründet hat. Die Argentinier sprechen ihn *wischa chessel* aus.

Selten sind Nora und Camilo in andere Regionen Argentiniens gefahren. Reisen durch die riesigen Weiten des Landes hätten Geld gekostet, das schon durch die Flüge aus Deutschland hierher fast verbraucht war. Und viel Zeit, die Camilo lieber mit seiner Familie verbringen wollte. Aber weil Nora es sich wünschte, machten sie gelegentlich doch eine kürzere Reise. Einmal schenkte die großzügige Tante Milia ihnen einen Flug nach Bariloche im Norden Patagoniens. Sie beschlossen, von dort mit dem Bus nach Chile zu fahren, an der Küste entlang nach Norden und über Santiago und die Anden zurück nach Argentinien.

Bariloche: ein beliebtes Urlaubsziel der Argentinier, ein beschauliches Städtchen, umgeben von Seen, tannenbewachsenen Hängen und hohen, schneebedeckten Bergen. Kurz vor der Reise hatte Nora erfahren, dass Bariloche auch mal ein bevorzugter Rückzugsort vieler Nazis gewesen war, und es hat ihr den Genuss der schönen Gegend ein bisschen verdorben. Im Jahr davor war die Nachricht durch die deutsche Presse gegangen, dass SS-Hauptsturmführer Erich Priebke in Argentinien gefasst und nach Europa ausgeliefert worden sei. Er war in Italien an Massenmorden beteiligt gewesen, was er bei seiner

Ergreifung auch nicht leugnete: Solche Dinge geschähen eben, damals sei ein Befehl ein Befehl gewesen. Jahrzehntelang, so erfuhren sie jetzt, hatte Priebke, unbehelligt von den deutschen Behörden, von den argentinischen ohnehin, in Bariloche gelebt.

Señor Priebke hatte einen Feinkostladen betrieben und war ein angesehener, einflussreicher Mitbürger gewesen. Man schätzte seine Tüchtigkeit. Ein Deutscher eben. Erst 1995, kurz vor Noras und Camilos Reise, wurde „Don Erico", wie die Nachbarn ihn nannten, von Mitarbeitern eines US-Fernsehsenders aufgespürt, wurde verhaftet, nach Italien überstellt und dort zu lebenslanger Haft verurteilt.

Im Hotel blätterten Camilo und Nora im Telefonbuch, suchten seinen Namen und entdeckten ihn gleich mehrfach. Erstaunt stellten sie fest, dass der NS-Verbrecher und seine Familie sich nicht getarnt hatten. Priebke hatte sich in Argentinien sicher gefühlt. In den Straßen der Stadt stellten Camilo und Nora alle Geschäfte mit deutschen Namen, nicht wenige, und alle nordisch aussehenden Passanten unter Generalverdacht. Ein Spiel mit bitterem Geschmack. Die strenge deutsch-argentinische Hotelbesitzerin nannten sie „Frau Priebke".

Sie unternahmen Touren in die Berge, fuhren auf einem Ausflugsschiff über einen eisigkalten See, dann verließen sie Bariloche und Frau Priebke Richtung Chile.

Wenn Nora an Chile denkt, taucht das Meer auf und der Blick aus dem Busfenster zu den Vulkanen mit den weißen Kappen. Sie sieht eine Schale mit Fischsuppe vor sich, Kinder mit abwesendem Blick, die an Plastiktüten schnüffeln, einen streunenden Hund, der ihnen stundenlang folgt. Sie denkt an den Kasinobesuch, den Camilo sich in den Kopf gesetzt hatte, bei dem er ein Sümmchen gewann und an der Bar Cocktails bestellte. Er trug an diesem Abend ein gebügeltes Hemd, er liebte Eleganz, und man ging schließlich nicht jeden Tag ins Kasino. Nora hatte ihr Sommerkleid aus der Reisetasche geholt und sich die zarte, kurz zuvor auf einem lokalen Markt erstandene Kette umgehängt. Ihr kam der Abend vor wie der Besuch eines Theaterstücks, bei dem sie selbst mitspielte. Auf dem Rückweg in die billige Absteige beschlossen sie, sich in Viña del Mar ein schönes Hotelzimmer zu leisten. Tourist zu sein, hat zuerst Camilo gelangweilt. Dann hatte auch Nora das viele Fahren satt, die ständige Suche nach Unterkünften, den eisigen Pazifik, in dem man nicht baden konnte. Die Hauptstadt Santiago erkundeten sie noch, dann stiegen sie in den Bus, der sie über die Anden nach Argentinien zurückbringen würde. Und diese Fahrt durchs Gebirge glich dem Besuch auf einem fremden Planeten. Zum ersten Mal trieb eine Landschaft Nora Tränen in die Augen. Am höchsten Abschnitt der Bergroute ragten rechts und links nur noch karge, graubraune Riesen in die Höhe, zwischen denen sich ameisenklein der Bus hindurchschlängelte. Nora und Camilo blickten auf nie gesehene schroffe Hänge ohne jedes Lebenszeichen, deren Reglosigkeit eine fast strahlende Kraft verströmte. Da war etwas, das Nora, die kein Mensch der Berge ist, keine Alpenverehrerin, die keinen Schritt an diesen Hängen gewagt hätte, zutiefst berührte. Sie konnte nicht wegschauen, nichts sagen, sie konnte nur staunen und Camilos Arm berühren.

# 11
## Tante Milia

Nora hat sich schwarzen Tee aufgegossen. Sie sitzt allein am Küchentisch, aus Milias Zimmer dringen Fernsehgeräusche. Hat die Tante sie vergessen? Weder Dusche noch Toilettenspülung gehört? Nora knabbert an ihrem dritten Cracker, als Milia aus dem Schlafzimmer kommt und sie begrüßt. Die Tante gibt sich Mühe, Nora gibt sich Mühe, beide kämpfen gegen etwas an, das sie zurücktreibt, jede in eine andere Richtung. Was tut sie hier ohne Camilo, denkt Milia. Was tue ich hier ohne ihn, denkt Nora. Wie ist das Gespenst zu ertragen, das rauchend im Hof sitzt, denken beide und können nicht zueinanderfinden, obwohl das Vermissen sie so sehr verbindet. Verbindet es sie wirklich?

Bei ausgesperrter Sonne sitzen sie zusammen. Milia trinkt Mate, das Nationalgetränk der Argentinier, Nora ihre zweite Tasse Tee. Sie hört sich Nachbarschaftsgeschichten an und die altbekannten Klagen über streunende Katzen, die Tante Milia auf der Dachterrasse mit ausgelegten Naphthalin-Kugeln zu vertreiben versucht. Sie erfährt von den neuesten Dummheiten der Schwiegertochter, an der es immer etwas auszusetzen gibt. Camilo hat oft gestöhnt, Nora geschwiegen, sie war zu Besuch und wollte Tante Milia, die sie gern mag, nicht kränken.

Denn die Tante, eine fröhliche, lebhafte und unkonventionelle Frau, ist leicht zu treffen in ihrer Empfindlichkeit, der persönlichen und der argentinischen. Von ihrem Mann hat sie sich vor Jahren getrennt. Kurz darauf wurde er tot in seiner Wohnung gefunden, Schlaganfall. Ihre Schwester Rita, Camilos Mutter, starb nur wenige Jahre später. Dann auch noch die widerspenstige Nichte. Und nun der Neffe, den sie geliebt hat wie einen eigenen Sohn. Das ist zu viel.

Wäre wenigstens das Land nicht ein ständiger Grund zum Verzweifeln. Über die derzeit Regierenden kann sie nur den Kopf schütteln. Den Niedergang Argentiniens, das einst so reich war und so vielversprechend, empfindet sie als anhaltende Demütigung. Vor allem Milias Generation kann diese Katastrophe nicht verwinden. Man hätte es doch besser hinkriegen müssen, die Dinge standen so günstig. Man könnte es heute hier so gut haben wie die Europäer, in diesem Land, das mit europäischer Arbeitskraft groß und reich geworden ist.

Im 19. und Anfang des 20. Jahrhunderts strömte es ja nur so aus Europa herein. Scharen hatten ihr Land verlassen, um Armut und Hunger zu entfliehen und nicht noch einen Krieg ertragen zu müssen. Die allermeisten kamen aus Italien und Spanien, aber auf den Schiffen drängten sich auch Deutsche, Schweizer, Iren, Polen und andere Hoffnungsvolle. Wer Pech hatte, war an eine betrügerische Agentur geraten, hatte eine teure Schiffspassage für einen Dampfer bezahlt und schaukelte stattdessen auf einem hölzernen Segelschiff übers Meer. Auf den Ozeandampfern wurden die Ärmeren, also die allermeisten Passagiere, in den Laderäumen zusammengepfercht. Für wen der Platz dort nicht reichte, der musste wochenlang in Nässe und Kälte an Deck ausharren. Krank aber durfte er das Ziel nicht erreichen, sonst wurde er gleich wieder zurückgeschickt.

Und wer ist man heute zwischen Europa und Amerika, dem Europa, das man noch im Blut hat, und der neuen Familienheimat, in der alles besser werden sollte und ja zunächst auch wurde? Wie findet man sich ab mit dem ewigen Rückstand gegenüber den Ländern, mit denen einen die Ahnen verbinden und die inzwischen so viel reicher sind? Milia ist mit trotzigem Selbstbewusstsein Argentinierin, auch Camilo war stolz auf seine Nationalität und liebte seine Fahne, was Nora nie so richtig verstand. Aber bei jeder sich bietenden Gelegenheit fing er an, sein Land und seine Landsleute zu kritisieren. Auch das sehr argentinisch, weiß Nora.

Milias Eltern, Camilos Großeltern, stammten aus einem kleinen Bergdorf in den Abruzzen in Italien. Montalto. Milia ist nicht dort geboren, aber oft hingereist und würde am liebsten sofort wieder die Koffer packen, doch die weite Reise ist ihr zu anstrengend geworden. Keiner aus der Familie war so oft in Europa wie sie, mehrmals hat sie Camilo und Nora in Heidelberg besucht.

Milia beneidet die Europäer, aber wehe, man tritt ihrem Land zu nah, sofort baut sie sich schützend davor auf. Camilo hat seine Tante gern gepiesackt, indem er die lässige Trägheit der Argentinier aufs Korn nahm und sie mit den disziplinierten, arbeitsamen Deutschen verglich. Milia reagierte erst kleinlaut, dann nationalstolz und kämpferisch. Ihr Neffe saß doch schon lange zwischen den beiden Welten und musste wohl immer austeilen, nach „hier" und „da". Mal hieß es „bei uns", mal „bei euch", er konnte es drehen, wie es ihm passte, es stimmte immer.

Camilo wollte nicht mehr zurück, trotzdem hat er sich von Jahr zu Jahr mehr nach seinem Land gesehnt. Er saß tatsächlich zwischen zwei Welten. Der Absprung, das Strichziehen des Auswanderers, die eingefrorene Vergangenheit, die Nostalgie und die Widersprüche gehörten zu seinem Leben.

Nach dem Frühstück geht Nora in den kleinen Innenhof, eigentlich eher ein Waschplatz mit Sitzgelegenheit und mit Fenstern zu Küche und Gästezimmer. In einer Ecke steht ein tiefes steinernes Becken für die Handwäsche, daneben eine Waschmaschine. An der einen Wand hängt ein Ziehharmonikagestell zum Wäschetrocknen, an der gegenüberliegenden aus Europa mitgebrachte Keramikteller über einem Pflanzenregal. Den freien Platz in der Mitte füllt der kleine Gartentisch aus, an dem Camilo saß, wenn er rauchte, durch die breite gläserne Küchentür vom Rest der Familie getrennt.

Nora greift nach einem an der Wand lehnenden Klappstuhl, schließt das vergitterte Türchen zur Treppe auf und steigt mit dem Stuhl die schmalen Stufen hinauf aufs Dach. Vor der blendend weißen Brüstung muss sie die Augen schließen. Ein Motorrad knattert vorbei, nur wenige Autos sind zu hören. Milias Straße ist ruhig. Zwei Ecken weiter liegt ein von Koreanern geführter kleiner Supermarkt, es gibt ein paar Gemüseläden und Kioske, eine Eckkneipe hier und da. An der Hauptstraße, durch die die *Colectivos,* die Stadtbusse von Buenos Aires, rattern, liegen Werkstätten, ein Bäcker, ein Herrenfriseur.

Nora setzt sich mit dem Gesicht zur Sonne und schließt die Augen. Sie fühlt sich in ein warmes Alleinsein geworfen, ihr Witwensein, das hier wie überall ein fremder Ort ist. Schon das Wort „Witwe"! Sie will es nicht annehmen. Du bist jetzt eine Frau, die ihren Mann verloren hat, hat ein alter Freund sie treffend genannt. Schon besser. Eine Frau, die lieber erklärt werden will, als auf das eine Wort reduziert zu sein, das Wort für Behördenformulare. Die fünf Buchstaben mit dem hässlichen Doppelkonsonanten kommen ihr wie eine makabre Täuschung vor. Sie denkt dabei an alte Frauen. Sie selbst ist keine. Es sagt noch weniger aus als das Wort „Trauer", auch das nur eine Ahnung, wie so vieles, von dem sie vorher kaum etwas wusste. Zum Beispiel, wie viel Kraft Trauer verbraucht, wie müde sie macht. Am Anfang bürdet sie den Betroffenen Unmengen von Tages- und Nachtschmerz auf, in Wellen und Schüben. Brennt im ganzen Körper wie grausamer Liebeskummer. Unbegreiflich, was da alles verschwunden ist. Dach und Boden und Wände, Hand und Mund und Haar und Klang. Ganze Orte und Regionen, Wälder und Seen. Sie sollte lieber nicht versuchen, das alles aufzuzählen, es würde sie schwindelig machen wie die Sonne auf Milias Dach. Von dieser Sonne will sie jetzt nichts als grelle Betäubung.

Später wird sie spazieren gehen, während Milia ihre Fernsehserien schaut. Sie wird durch die Straßen laufen und sich ein Stück Buenos Aires zurückerobern, wird es aus Camilos Fängen befreien und für sich beanspruchen. Sie kann ihn doch nicht ständig neben und um und in sich haben. Sie wird sich aus den Trümmern eine eigene Stadt zusammensuchen.

Die Sonnenbetäubung ist zu schwach. In der Wärme rumort Camilo in ihr, zu tief, um ihn fassen zu können. Sie reißt die Augen auf, weil sie sonst von dieser Dachterrasse fallen wird in das Buenos Aires ihrer verworrenen und unverwüstlichen Liebe. Ein Vogel fliegt zwischen den Ästen auf.

Camilo ist wieder bei ihr. Mit dem ersten Zigarettenqualm stößt er die morgendliche Schwere hinaus in den Tag, wo sie sich für Augenblicke verfestigt und Nora sie aufzulösen versucht. Hier. Ich. Der Tag. Der Tee. Lass uns gehen, sagte sie oft. Dann gingen sie schließlich, und jetzt zog er sie, und sie spürte ihr eigenes Gewicht, und erst draußen auf der Straße, beim Slalom um die Gehwegfallen, die Löcher und zertrümmerten Bürgersteigplatten, wurde der Morgen ein leichtes Spiel.

Sie springt auf, klappt den Tantenstuhl zusammen, lehnt ihn an die weiße Wand und steigt die schmale Treppe hinunter in den Innenhof. Sie wird durch die Straßen laufen, vorbei an den winzigen Vorgärten hinter ihren gusseisernen Gittern. Sie wird den Kothaufen ausweichen, die Bodenlöcher übersteigen, wie immer. Am liebsten würde sie blind durch die Straßen laufen, damit er hinter den geschlossenen Lidern bei ihr ist, aber sie will auch sehen. Vielleicht funktioniert ja das Gegenteil: Jeder Blick ein Trost und eine Medizin, wenigstens Buenos Aires lebt.

# 12
# Erdbeeren

Aus einem Hauseingang trifft sie ein Katzenblick, gleichgültig wie das Leben, das nur an seinem eigenen Fortgang interessiert ist. Die Katze weiß so wenig wie die Bäume auf dem Bürgersteig, so wenig wie der Gigant Buenos Aires, dass Nora bei jedem Schritt von Sinnlosigkeitsgedanken begleitet wird, alten, klebrigen Gefährten, seit seinem Tod noch aufdringlicher als sonst. Sie sollte ihnen keine Beachtung mehr schenken, denn da gibt es nichts zu grübeln, es wird sich nichts ändern, selbst wenn das Leben ihr immer wieder mit diesem und jenem und mit allerlei Mensch und Tier den Blick auf seine Sinnlosigkeit verstellt und sie über diese Momente des Nichtsehens eigentlich froh sein müsste, sonst wäre es zum Verrücktwerden, was es ja auch ist frühmorgens und oft auch abends für lange Minuten und manchmal unversehens mitten am Tag, ein Gedanke, der sie von oben bis unten zerschneidet, messerscharf.

Ein Nichtmehrsehen bewirken seltsamerweise sogar die Erinnerungen, wenn sie mal ihre Stacheln einziehen und nur ihre weiche, glänzende Seite zeigen. Für kurze Zeit laufen warme Wellen durch ihren Körper, Vergangenes liegt für Augenblicke vor ihr wie ein handliches Geschenk auf einem weißgedeckten Gabentisch und leuchtet vor sich hin, und dieses Leuchten durchdringt alles, was sie zu spüren bekommt. Weil da so eine tiefe, schwindelerregende, kaum zu glaubende Zusammengehörigkeit war und bleiben will mit aller Kraft. Liebe vermutlich. Selbst wenn ihnen das Wort nicht mehr so oft über die Lippen kam, es beiden nicht ganz geheuer war, dieses kleine Wort mit seiner dicken Schicht aus Schnulz und Schmalz und Lug und Trug. Mit seiner Zerbrechlichkeit. Nicht wegzudenken aus den Liedern, die sie beide gesungen und gespielt haben, eines mit mehr Liebe gespickt und geschmückt als das andere. Scharen von Liebesschmerz auslösenden Frauen und Männern, von angeschmachteten und am liebsten abgemurksten Betrügern und Betrügerinnen. Vor allem Betrügerinnen in der von Männern geschaffenen und zusammengereimten Musik, egal ob Salsa oder Tango. Mit Ausnahme natürlich der Mutter, der Einzigen und Heiligen. Sie haben oft gelacht über die im Tango angehimmelte Mutter. Gelacht haben sie zusammen ohnehin mehr, als sie sich je hätte träumen lassen in ihrer bis dahin eher humorlosen Welt.

Sie erwidert den ungerührten Blick der Katze, und mit der Sympathie, die sie für alle Katzen empfindet, verzeiht sie ihr ihre Gleichgültigkeit oder ihr Misstrauen, oder was immer die Katze auf Abstand hält. Sie folgt der schnurgeraden Straße, über sich die Kronen der jungen und alten Bäume, die Buenos Aires zu einer sogar an ihren eintönigen Rändern reizvollen Stadt machen. Alle hundert Meter überquert sie eine Straße und lässt eine weitere *manzana* hinter sich. Die Häuserblocks heißen hier tatsächlich „Äpfel", sehr schön, aber Luca hat ihr erklärt, der „Apfel" sei gar kein Apfel, sondern das falsch geschriebene altkatalanische Wort *mansana*, abgeleitet von *manso feudal*, dem Pachtland, das der Adel einst den Bauern überließ. Die *manzana*, fester Bestandteil einer grundlangweiligen Straßenanordnung, hilft Nora. Alle Häuserblocks sind gleich lang und parallel durchnummeriert, sie kann sich hier nicht so leicht verlaufen.

In der Ferne ertönt der Ruf eines Schrotthändlers und erinnert sie an einen anderen, den Camilo ihr einmal vorgesungen hat: „*Cinco cabezas de ajo tres pesos!" – „Fünf Knoblauchknollen drei Pesos!"*. Die Melodie und ihren dramatischen Höhepunkt auf *ajo* ahmte er so schwungvoll, so musikalisch nach, dass Nora lachen musste. Danach wurde er den Ohrwurm aus seiner Kindheit den ganzen Tag nicht mehr los. Noch heute ziehen die fahrenden Händler durch die Straßen, und regelmäßig singen die Messerschleifer. Bellen die Hunde, hupen zwei Straßen weiter die *Colectivos*.

Nora betritt einen kleinen Gemüseladen. Die Tante liebt gezuckerte Erdbeeren. Sie wird Milia eine Erdbeerfreude bereiten, weil ihr nichts anderes einfällt, um sie zu trösten und milde zu stimmen.

In Milias Küche wird sie sich wieder die Klagen über die peronistische Präsidentin anhören müssen, die Empörung über die staatlichen Geldgeschenke an die armen Bolivianer und die anderen Zugewanderten, die die Ränder der Stadt bevölkern und die Elendsviertel, die hier *villas* heißen. Sie wird so lange still bleiben, bis es reicht. Es wird ein kurzes, scharfes Hin und Her geben, das kann sie nicht verhindern, beide kennen es. Dann werden sie verstummen, die Politik nicht mehr berühren und kurz darauf über Leichteres sprechen, wie immer. Milia wird vielleicht das Radio einschalten, wird das Essen vorbereiten, Nora den Tisch decken, in Erwartung des Sohnes und seiner Familie, die gleich vorbeikommen wollen, denn heute ist Sonntag, Familientag, und wegen der aus Deutschland Angereisten ein besonderer.

Nora ist froh, dass es zum Mittagessen Wein gibt. Mit etwas Glück wird sie davon federleicht werden und Camilo gleich mit, so dass sie ihn wie einen Federball in die Luft schlagen und ihm hinterhersehen und eine gute Reise wünschen kann. Bis später, mein Liebster. Es gibt Milias Thunfischsalat, draußen ist es wunderbar warm, und ein paar Bäume malen noch immer farbige Blüten in die Luft.

Sie sitzen alle um den runden Küchentisch, Tante Milia, Luca, Susana und deren erwachsene Tochter Laura. Luca ist ein ruhiger, freundlicher Mann mit traurigen Augen. Aber in seiner Traurigkeit liegt kein Missmut. „Was ist los mit euch Argentiniern", hat Nora Camilo gefragt, „warum die Wehmut, warum der Tango, warum das ewige Hadern mit euch selbst?" Camilo konnte lebhaft und witzig sein, in Diskussionen auch energisch und lautstark, und doch nistete sich oft im Handumdrehen eine stille Traurigkeit in seinen Zügen ein, die seinen Blick schön und weich machte, aber Traurigkeit blieb.

Manchmal, wenn sie wieder mit „Ihr Argentinier" anfing, erklärte er ihr, die Argentinier wüssten oft nicht so richtig, wer sie sind und wo sie hingehören. Sie stammten aus Einwandererfamilien. Zu Hause lebten zwei Kontinente unter einem Dach. Sie kämen von überallher, fänden ihr Land am tollsten und sehnten sich ständig nach Größerem. „Wir leben in Wolkenschlössern." „Deins ist besonders groß", hat Nora gesagt. Camilo, der Lebenskünstler, sah sich oft als Versager. Seiner Familie, die immer betont hatte, er, der Hochbegabte, sei zu Großem fähig, glaubte er es nicht recht machen zu können. Wollte er das überhaupt? Seinen Eigensinn hat er sich immer bewahrt, Kompromisse waren nichts für ihn. „Musik, die mir nicht wirklich gefällt, spiele ich nicht", sagte er, wohl wissend, dass er mit dieser Haltung auf ein besseres Auskommen verzichtete.

Er war mit den italienischen Erinnerungen seiner Großeltern aufgewachsen und hatte Freunde auch aus deutsch- und spanischstämmigen Familien. Im Gegensatz zu den Italienern, die die spanische Sprache rasch angenommen und sich nahezu problemlos in die argentinische Gesellschaft integriert hätten, sagte er, habe man bei den deutschen Eltern manchmal eine Überheblichkeit gespürt, die ihm zuwider gewesen sei, die Gewissheit, einer überlegenen Gemeinschaft anzugehören. Herrenmenschentum, hat Nora bissig geantwortet.

Eisern hielten die Deutschargentinier an ihren Sitten fest und an ihrer Sprache, ohne zu merken, dass diese sich jenseits des Ozeans gewandelt hatte. In Noras Ohren klang das Deutsch der zweiten oder dritten Generation eigenartig, von kleinen Fehlern und spanischen Wendungen durchsetzt. Die Deutschargentinier blieben gern unter sich, sagte Camilo, sie misstrauten den Argentiniern, als wären sie nicht selbst welche. Diejenigen, die Nora kennenlernte, hatten mehr Speck um den Bauch und mehr Geld auf der Bank als viele ihrer Landsleute, mehr Sattheit im Blick. Zum Glück waren sie herzlich und hatten das argentinische Scherzen gelernt. Sonst hätte man ihnen ihre blonden Haare und ihre runden deutschen Gesichter tatsächlich übelnehmen müssen.

Hat dieser Alejandro, den sie morgen treffen wird, ein rundes deutsches Gesicht?

Nach dem Essen holt Nora einen Umschlag aus dem Koffer. Sie hat Milia ein schönes Foto ihres Neffen mitgebracht. Ernst und elegant sieht er darauf aus. Er blickt nicht in die Kamera, sondern auf seinen senkrecht aufgestellten E-Bass. Für dieses Instrument hat er eine originelle Verkleidung entworfen und eigenhändig gebaut: einen zweiten Korpus mit langem Metallfuß. Das geschwungene Gehäuse, das einen verkleinerten Kontrabass imitiert, ist siebenfach schwarz lackiert, es glänzt fast wie ein Flügel. In diesem Holzkorpus steckt der schmale elektrische Bass. Camilo, der bei anderen Dingen schnell die Geduld verlor, war ein präziser, geschickter und geduldiger Handwerker.

Der Bassist blickt konzentriert auf sein Instrument, die Finger auf den Saiten. Vom grauen Hemd unter dem schwarzen Jackett hebt sich rot die Auftrittskrawatte ab. Der Blick ruht in der Tiefe der Musik. Oder gibt zumindest vor, es zu tun. Entstanden ist die Aufnahme womöglich erst nach dem Konzert.

Gerührt nimmt Milia das Foto entgegen, Stolz leuchtet in ihren Augen. Sie wird es rahmen lassen. Sie hat ihren Neffen auf deutschen Bühnen gesehen, hat erlebt, wie er dort mitunter zum Schauspieler wurde, das Publikum unterhielt und mit den anderen Musikern scherzte. Sein Lampenfieber hat sie nicht gesehen.

Nora will der Tante noch mehr Gutes tun und ein Erlebnis mit der Familie teilen. Sie beginnt von der schönen Musik zu erzählen, die Kollegen und Freunde bei der Bestattungsfeier gespielt haben, von den vielen Gästen, von der Traurigkeit in allen Reihen, von den einfallsreichen Spruchbändern ihrer Nichten und Neffen. Sie ruft auf ihrem Handy Fotos auf, aber schon beim zweiten wehrt Milia unwillig ab. Nora versteht nicht, was genau die Tante nicht erträgt. Jetzt zieht sich die alte Frau auch noch in ihr Schlafzimmer zurück. Nora wollte ihr doch nur die schöne Seite der Trauer zeigen. Aber Milia will von Trauer nichts hören und nichts sehen. Das alles hat jenseits des Ozeans stattgefunden. Noras Familie und die Freunde waren gekommen und viele Musiker, aus alter und aus jüngster Zeit. Nora glaubte, wenn sie Milia davon erzählt und sie daran teilhaben lässt, tut sie das Richtige. Sie hat sich geirrt.

Später wird sie sich anhören müssen, wie erschreckend die Tante es findet, dass es überhaupt eine Feier gab. Auch der Rest der Familie ist befremdet. Eine Bestattung feiern! Nora wehrt sich: Es sei nicht gefeiert worden, natürlich habe es kein Fest gegeben, sie habe das wohl falsch erzählt. Man habe den Verstorbenen geehrt, Abschied genommen, wie man so sagt, obwohl er ja schon gegangen war, habe gemeinsam gegessen und getrunken. So sei es eben üblich in Deutschland, hier etwa nicht? Ihre afrikanische Freundin erzähle ihr sogar von rauschenden Festen, bei ihr zu Hause werde eine Bestattung größer gefeiert als jedes andere Familienereignis.

Nora seufzt, jetzt muss sie sich auch noch rechtfertigen. Ohne den zelebrierten Abschied, ohne die Zusammenkunft der Familie und der Freunde, sagt sie, hätte etwas gefehlt. Auch Camilo hätte es gefehlt, glaubt sie. Aber was weiß sie schon. Abschied feiern ist Sache der Hinterbliebenen. Was dem Toten recht ist, weiß kein Mensch.

51

Später, als Susana ihr von den argentinischen *velorios* erzählt, wird sie die Abwehr der Familie besser verstehen. Susana beschreibt ihr diese Totenwachen, bei denen man sich am Abend schweigend und bei schummrigem Kerzenlicht um den Verstorbenen versammelt und den Raum nur hin und wieder kurz verlässt, um einen Kaffee zu trinken und sich für die lange Nacht zu stärken. Am nächsten Tag wird der Leichnam ohne viel Aufhebens bestattet oder verbrannt. So ist es noch heute. Milia hat schon vor einer ganzen Weile gefordert: „Verbrennt mich und verstreut meine Asche im Park unter meinem Lieblingsbaum."

Nora könnte der Familie im Detail die deutschen Traditionen schildern. Aber sie tut es nicht, sie will das leidige Thema auf keinen Fall noch einmal berühren. Dass Camilos Asche in ihrem Gästezimmer liegt, wird sie Milia tunlichst verschweigen.

# 13

# Alejandro

Die *Colectivos*, früher so schön bunt und klobig, rattern und ächzen nicht mehr wie damals, inzwischen sind sie eckig, klimatisiert und unterscheiden sich kaum noch von deutschen Bussen. Aber wie eh und je erschaffen sich die Fahrer in ihrem Cockpit ein Universum aus Devotionalien, Tangodekor und Familienbildern. Sie sind die Pächter ihres *Colectivos*. Und immer noch die rücksichtslosen Herren der Straße, gegen die es zwecklos ist, irgendwelche Straßenverkehrsrechte einzufordern.

Nora und Alejandro haben sich im Stadtteil Belgrano verabredet, nicht weit entfernt von der Straße, in der einst das Haus von Camilos Eltern stand, das schon vor Jahren einem Wohnturm gewichen ist. Es war ein schönes flaches Haus mit einem kleinen Vorgarten, ein langgestreckter Bau, in dem man von Raum zu Raum, von einer Tür zur nächsten ging, bis am Ende die Terrassentür den Blick in den hinteren Garten und auf den großen Lagerraum der väterlichen Firma öffnete.

In der Nähe der Plaza Belgrano steigt Nora aus dem Bus. Die heiße Luft verschlägt ihr den Atem. Sie ist aufgeregt. Sie wäre gern für sich, würde lieber in Ruhe gelassen werden und zum Beispiel nach Schuhen gucken oder in Buchläden stöbern. Sie läuft den Bürgersteig entlang, im Schatten der kleinen Geschäfte und Boutiquen, und hofft, dass es nicht lange dauert. Was eigentlich genau? Reicht das bisschen, das sie von Henry weiß und das eigentlich gar nichts ist, um seinem Bruder weiterzuhelfen?

Sie überquert den Platz diagonal, überquert die Straße und steht an der Ecke vor der vertrauten *Confitería Zeta*. Unter den Bäumen sind Tische aufgestellt, nur wenige besetzt. Etwas längeres Haar, hat er gesagt, ziemlich grau. Sie hat als Erkennungszeichen ihre mittlere Größe und ihr kurzes Haar genannt, ihre Brille und ein schwarzes T-Shirt. „Ich habe ein deutsches Gesicht", hat sie hinzugefügt, „das sagen hier jedenfalls alle."

Sie sieht kein längeres graues Haar. Dann tritt ein Mann durch die Glastür, der jünger wirkt als Mitte fünfzig, in einem hellgrauen, über die Jeans hängenden Hemd, schaut fragend in ihre Richtung und kommt auf sie zu. Er streicht sich eine dunkelblondgraue Strähne aus der Stirn, zwischen den Augen wird eine lange senkrechte Falte sichtbar. Er ist blass wie Nora, kommt aus dem deutschen Winter wie sie.

„Nora?"

Sie begrüßen sich nach argentinischer Sitte, mit einem Wangenkuss. Bei der Hitze sitze er lieber drinnen, sagt er mit dem gerollten r der Deutschargentinier. Ob das für sie okay sei. Sie nickt, obwohl sie lieber draußen sitzt. Er geht vor ihr her zu einem Tisch im hinteren Bereich des Cafés. Sein glattes Haar schwingt leicht bei jedem Schritt.

„Du wohnst gar nicht weit weg von uns", beginnt Nora, als sie ihre Getränke bestellt haben. Bei Frankfurt, hat er am Telefon gesagt, den Ortsnamen hat sie schon wieder vergessen.

Stimmt, eigentlich müsse er sich entschuldigen, dass er nicht schon viel früher versucht habe, mit Camilo Kontakt aufzunehmen, sagt er. Seine Stimme klingt steifer als am Telefon, seine blaugrauen, an den Lidern leicht geröteten Augen schimmern, vielleicht ist es Aufregung, vielleicht Müdigkeit oder die Hitze. Von einem anderen Schulfreund seines Bruders, erklärt er, habe er erfahren, dass Camilo Musiker geworden sei, habe im Internet gesucht und sei schließlich über die Webseite einer Tango-Gruppe an die Telefonnummer gekommen.

Er senkt den Blick auf die Tischplatte. Übrigens wohne er nicht so nah bei Frankfurt, sondern weiter östlich, draußen auf dem Land.

„Und der Anruf bei Camilo, warum gerade jetzt", fragt Nora, „nach so vielen Jahren?" Sie denkt, sie muss Fragen stellen, sonst schaut er nur stumm auf den Tisch. Zugleich kommt sie sich seltsam vor, wie eine Frau vom Amt, der ein Antragsteller gegenübersitzt. Als sie Alejandro am Telefon erklärt hat, was mit Camilo geschehen ist, hat sie am anderen Ende ein stockendes Einatmen gehört, fast wie ein Schluchzen.

„Du weißt vielleicht, dass Camilo früher, hier in Buenos Aires, oft bei uns zu Hause war", sagt er, ohne ihre Frage zu beantworten. Er räuspert sich.

Nora schüttelt den Kopf. Der Kellner kommt mit einem Tonicwater für sie, einem Bier für Alejandro.

Sie hätten nicht weit voneinander entfernt gewohnt, zwei Straßen von hier habe sein Elternhaus gestanden, fährt er fort, nachdem er einen ersten langen Schluck getrunken hat. Die beiden Jungs hätten in Henrys Zimmer oft laut Musik gehört, während er, der kleine Bruder, versucht habe, seine Hausaufgaben zu machen. Er lächelt, zum ersten Mal. „Die Sachen von damals eben", sagt er, „die Stones, Emerson, Lake and Palmer und so, aber auch argentinischen Rock." Camilo habe manchmal seine Gitarre mitgebracht.

„Später hat er Bass gespielt", wirft Nora ein.

Die beiden hätten oft und laut diskutiert, Henry habe manchmal die Musik deutlich übertönt. Einmal sei seine Mutter in sein Zimmer geplatzt und habe sich energisch über den Lärm beschwert. Die beiden seien dann losgezogen, er habe sie vom Fenster aus beobachtet, wie sie draußen rauchten und gestikulierten, der schmale Camilo mit seinen langen dunklen Haaren, er sehe ihn noch vor sich.

Mit langen, bis über die Schultern fallenden Haaren kannte Nora ihn nur von Fotos. Seine Gitarre auf den Knien. Als sie ihn in Heidelberg kennenlernte, trug er die Haare kürzer.

„Er war eher ein Ruhiger", sagt Alejandro. „Oder?"

„Hm. Kommt drauf an."

Henry sei ziemlich lebhaft gewesen. Naja, nicht immer, manchmal auch ganz anders, stumm und in sich gekehrt.

Nora versucht, sich den schlanken Mann mit dem graumelierten Haar, der ihr gegenübersitzt, als Jugendlichen vorzustellen, ihn und seinen älteren Bruder. Zwei blonde Jungs? Schlaksig wie Camilo? Die sich kabbelten, sich freche Sprüche an den Kopf warfen. Oder sich eher aus dem Weg gingen. Alejandro trinkt einen Schluck und schüttelt sich eine Strähne aus dem Gesicht. Schweigt. Plötzlich greift er in seine linke Hemdtasche und zieht ein Foto hervor. Camilo von der Seite, mit Bartansatz und etwas längerem Haar, an ein Auto gelehnt, den Blick von der Kamera abgewandt. Auf Anfang zwanzig schätzt sie ihn. Hinter der offenen Beifahrertür stützt sich ein blonder junger Mann grinsend mit einem Ellbogen auf den Rahmen.

Nora versucht, in dem Mann an der Autotür Alejandro wiederzuerkennen, entdeckt in der Augenform und der geraden Nase eine gewisse Ähnlichkeit, aber die fotografierte Vergangenheit erscheint ihr unendlich fern. Sie blickt auf Camilos Profil, blickt in Henrys Grinsen, sieht etwas Schelmisches in seinen Augen, in der leichten Neigung des Kopfes. Auf einmal tut ihr der Anblick des jungen Mannes weh, der so früh gestorben ist.

„War das in Buenos Aires?"

„Bei uns vor der Tür. Henry war ein- oder zweiundzwanzig. Wenig später ist er zum Studium nach Heidelberg gegangen. Er wollte unbedingt nach Deutschland, trotz unserer Familiengeschichte. Oder gerade deswegen. Mir hat er gesagt, er will das Land kennenlernen und dass er spätestens nach einem Jahr wieder zurückkommt. Meine Eltern haben ihn gehen lassen."

Nora betrachtet noch immer das Foto. Sie muss daran denken, wie schüchtern Camilo war, als sie ihn kennenlernte, und wie viel Mühe er sich gab, es zu verbergen. Wahrscheinlich hat sie ihn gerade deshalb schnell durchschaut. Und umso mehr gestaunt, wie selbstbewusst er vor anderen Leuten ausgefallene Ansichten vertrat oder als Musiker von der Bühne herab mit dem Publikum sprach.

„Zu Hause war oft dicke Luft, zwischen Henry und meinen Eltern gab es viel Streit", fährt Alejandro fort und greift sich so unvermittelt ins Haar, dass Nora erschrickt. Er selbst sei eher der Brave gewesen, er habe sich meist aus den Diskussionen rausgehalten und auch gar nicht richtig mitdiskutieren können, er sei ja ein ganzes Stück jünger als Henry, fast fünf Jahre. Ihn hätten damals sowieso ganz andere Dinge interessiert. Aber er habe natürlich mitbekommen, was in Argentinien lief. Der Putsch, die Paramilitärs, dass Leute bei Nacht und Nebel abgeholt wurden und nicht mehr zurückkamen, das alles.

„Und was meintest du eben mit Familiengeschichte?"

Alejandros Blick geht zum Fenster, während er weiterredet. Bei den Streitereien zu Hause sei es sehr oft um die Vergangenheit und die extremen Ansichten seines Vaters gegangen. Der habe immer noch von Hitler geschwärmt und die Nazis verteidigt. Henry sei ihn deswegen hart angegangen, die beiden hätten sich häufig angebrüllt. Einmal sei Henry sogar schluchzend aus dem Zimmer gerannt. Er selbst habe manches erst viel später durch die Briefe seines Bruders so richtig begriffen. Deutschland hätten sie beide, bis sie erwachsen waren, nur aus Erzählungen und aus einer ganz bestimmten Perspektive gekannt.

„Ich frage mich oft, ob er sich in Heidelberg einsam gefühlt hat und es nur nicht zugeben wollte. Er ist jedenfalls nicht mehr zurückgekommen." Alejandro zieht die Schultern hoch und blickt schweigend zur Straße.

Camilo hat Nora kaum etwas von Henrys Familie erzählt, nur mehrmals erwähnt, dass er auf seiner Europatour wegen Henry in

Heidelberg Station gemacht habe, dass Henry ein guter Jugendfreund gewesen sei. Und natürlich hat er ihr von dem Unglück erzählt.

Camilo sprach ein bisschen Deutsch, als er nach Heidelberg kam. In Buenos Aires hatte er eine deutsche Grundschule besucht. Die Gründe waren praktischer Natur. Seine Mutter arbeitete in der benachbarten Berufsschule als Lehrerin, brachte ihn morgens zur Schule und nahm ihn nachmittags wieder mit nach Hause.

In Heidelberg ging es um Henry herum lebhaft zu. Durch ihn fand Camilo schnell Anschluss zu anderen Südamerikanern. Henry hatte eine Menge Freunde und kam offenbar auch bei Frauen gut an.

„Camilo war in Buenos Aires kurze Zeit mit einer Deutschargentinierin befreundet", fällt Nora ein, „nicht lange, aber er muss ziemlich verliebt gewesen sein. Bei ihr zu Hause hat er sich allerdings nie wohlgefühlt. Die Eltern hatten Angst, dass ihre Tochter sich an einen *richtigen* Argentinier bindet, dass sie es ernst mit ihm meinen könnte. Sie hatten für sie wohl einen arischen Ehemann vorgesehen, aus einer der deutschstämmigen Familien in Buenos Aires."

Alejandro nickt, seine Gedanken scheinen sich durch ferne Regionen zu bewegen. Sein Vater habe ihn auch deshalb genervt, erzählt er, als er mal eine Freundin nach Hause eingeladen habe. Das Mädchen sei ihm zu argentinisch gewesen, sagt er mit einem spöttischen, für Nora typisch argentinischen oder wohl eher hauptstädtischen Tonfall und mit hochgezogenen Augenbrauen. Seine Stirn hat sich in waagerechte Falten gelegt, zweigeteilt von der mittleren senkrechten.

Nora erinnert sich noch gut an Camilos Bemerkungen über die Mutter seiner Freundin. Sie habe ihn deutlich spüren lassen, dass er nicht in ihre Kreise gehörte, dass er nur ein Argentinier wie alle anderen war. Die Freundin sei später ebenfalls nach Deutschland gegangen und habe sich dort einen waschechten Freak angelacht, einen ständig bekifften Langhaarigen, mit dem sie ziemlich schnell ein Kind bekommen habe. Pech für die Eltern. Mit hämischer Freude hat er Nora damals davon erzählt.

„Ist nicht auch Camilos Schwester nach Deutschland gegangen?" fragt Alejandro.

„Nein, sie war nur einmal für zwei oder drei Monate zu Besuch. Aber das war vor meiner Zeit. Cecilia hat eine Zeitlang überlegt, auch nach Heidelberg zu kommen, um in Camilos Nähe zu sein, aber wahrscheinlich hatte sie dann doch zu große Angst vor diesem Schritt. Später hat sie ihren Bruder beschworen, zurückzukommen. Sie meinte, wir würden in Heidelberg noch alle verrückt werden."

Ihr Drängen ist Nora auf die Nerven gegangen. Das Altstadtleben war Cecilia suspekt, zu viele Drogen und Traumwelten, zu viele schräge Vögel. In gewisser Weise hatte sie recht. Sie haben damals alle ziemlich auf der Kippe gelebt. In Camilos Zimmer wurde ständig gekifft, Musik gehört, endlos diskutiert, mal dämmerte der eine, mal der andere in einer Ecke. Als Nora in Paris war, schrieb er ihr, der kleine Raum sei manchmal so vollgestopft mit Leuten, dass man über Beine und Rücken steigen müsse, um zur Toilette zu kommen. Sie stellte sich vor, wie er sich, wenn alle weg waren, benebelt seine Kopfhörer aufsetzte, seinen Bass nahm und übte. Sein kleines Zimmer war fast gegen seinen Willen zu einem der Treffpunkte der Südamerikaner der Altstadt geworden.

# 14
# Auswandern

Alejandro ist bei seinem zweiten Bier, Nora hat sich einen Tee bestellt. Sie merkt, wie allmählich die Anspannung aus ihrem Oberkörper, ihrer Stirn, ihrem Kiefer weicht. Es ist angenehm, hier an der Plaza Belgrano zu sitzen und sich mit einem trotz seiner lässigen Erscheinung etwas steifen, aber sympathischen Unbekannten zu unterhalten. Eine sonderbare Mischung aus Zufriedenheit und Traurigkeit breitet sich in ihr aus. Kann man gleichzeitig heiter und untröstlich sein?

Alejandro ist fünf Jahre jünger als sein Bruder, der in Camilos Alter war und wie dieser Politik studierte. Camilo hat sein in Argentinien begonnenes Studium in Deutschland allerdings bald an den Nagel gehängt. Nach den ersten Semestern ließ seine Lust auf eine akademische Karriere deutlich nach. Er besuchte die Uni-Veranstaltungen kaum noch, stand erst mittags auf und ging in die Mensa, wo er und sein kolumbianischer Freund, der im selben Haus wohnte, regelmäßig zu den letzten Gästen gehörten. Die Nachmittage und Abende widmete er, wenn nicht gerade Leute zu Besuch waren, der Musik. Oft endete sein Tag erst mitten in der Nacht. Zweimal die Woche kam er spät aus dem Restaurant zurück, in dem er als Küchenhelfer, später als Barkeeper jobbte, am Wochenende immer öfter auch von Konzerten mit seinem neugegründeten Salsa-Orchester.

Schließlich drohte die Exmatrikulation. Für Camilo gab es nur eine Lösung, um im Land zu bleiben: Heiraten. Nora war nicht begeistert. Man würde sich jetzt also nicht weiterlieben können mit allen Hochs und Tiefs, ohne dafür aufs Amt zu gehen. Der Schritt hat sie viel Überwindung gekostet. Sie traten fast wie Schauspieler vor den Standesbeamten, Nora übernervös, im Hintergrund ein paar glucksende

Freunde, die Familie war nicht eingeladen. Ein bisschen romantisch und auch zum Lachen war das Ganze dann aber doch. Ihren Hochzeitstag haben sie allerdings regelmäßig vergessen.

„Und wann hast *du* Buenos Aires verlassen?" fragt Nora.

Zehn Jahre nach Henry, erzählt Alejandro. Nach einem abgebrochenen Ingenieurstudium habe er eine Zeitlang in einem Copyshop gearbeitet und gleichzeitig mit dem Fotografieren angefangen, dann immer besser damit verdient. Mit dreißig seine Frau kennengelernt und ein Jahr später geheiratet. Sie hätten vage Pläne geschmiedet, nach Deutschland zu gehen, bis sich tatsächlich eine Gelegenheit ergeben habe: seine Frau habe in Frankfurt eine Stelle als Sprachdozentin bekommen. Es sei anfangs spannend gewesen und auch alles ziemlich reibungslos gelaufen. Er habe einen kleinen Job als Techniker gefunden, ab und zu als Fotograf gearbeitet, die Tochter sei geboren worden. Und irgendwann hätten die Beziehungsprobleme begonnen. Das Ergebnis: Trennung und Scheidung.

„Es ist komisch, nach so vielen Jahren wieder hier zu sein", sagt er unvermittelt und lässt sich in seinen Stuhl zurücksinken, als ermüde ihn die Vergangenheit. „Seit dem Tod meines Vaters vor sechs Jahren war ich nicht mehr in Argentinien." Er schaut zu Nora, greift nach seinem Bierglas. Beim Absetzen schüttelt er sich wieder die Haare aus dem Gesicht.

„Ich habe in Deutschland zwar immer bestimmte Dinge vermisst", fährt er fort, „aber nach Argentinien wollte ich nicht mehr zurück. Nicht nur, weil es in Deutschland einfacher ist, halbwegs über die Runden zu kommen. Ich wollte meine Ruhe haben, Abstand von der Familie." Er macht eine Pause und presst die Lippen zusammen. „Meine Frau und ich waren natürlich mit unserer Tochter mehrmals hier. Dann kam die Trennung. Dann starb mein Vater. Und diesmal bin ich hier, weil meine Mutter achtzig geworden ist, ich hatte es ihr versprochen."

„Ist sie auch Deutsche?

„Deutschargentinierin." Er grinst. „Hier geboren. Ihre Familie ist schon Anfang des 20. Jahrhunderts eingewandert. Meine Ex-Frau ist übrigens auch Deutschargentinierin."

Wieso sprechen die deutschstämmigen Argentinier von sich immer als Deutschargentinier – eine Bezeichnung, die Nora längst übernommen hat –, während die Argentinier mit italienischer oder spanischer Abstammung, die sie kennt, nicht daran denken, ihre Herkunft hervorzuheben. Nora weiß, dass unter den Deutschargentiniern der Gedanke lange weit verbreitet war, nicht wirklich in dieses Land zu gehören. In dieses chaotische, korrupte Land, dem sie so viel gegeben hatten.

In ihrem Kopf wird es jetzt beinahe gehässig. Vielleicht macht sie es sich auch zu einfach. Aber ihr Ärger über den deutschen Hochmut lässt sich nicht begraben, sie versucht auch gar nicht mehr, dagegen anzugehen. Warum ist eigentlich ihr Vater nach dem Krieg nicht auch mit Frau und Kindern nach Argentinien oder Brasilien ausgewandert? Er war schließlich Offizier der Wehrmacht gewesen, im besiegten Deutschland galt er als Kriegsverbrecher, was er sein Leben lang als ungeheure Kränkung empfand. Bereut hat er nie, jedenfalls nicht gegenüber seiner Familie, dass er als Offizier an den Vernichtungsfeldzügen der Nazis beteiligt war. Sie selbst wurde geboren, als er schon 46 war, als jüngstes Kind einer großen Familie.

„Mein Vater war Deutscher", sagt Alejandro, „und hat sich nach dem Krieg, 1948, aus Deutschland abgesetzt. Ja, er war so einer. Und damals noch ziemlich jung."

Nora wünscht sich, er hätte die Tür zu diesem Raum nicht aufgestoßen. Sie hat überhaupt keine Lust, von Kriegsgeschichten zu hören, von der Nazizeit, von den Jahren danach. Ihr Vater hat den Krieg wieder und wieder an den Familientisch gebracht. Regelmäßig hat er von seinen Frontjahren erzählt, dem Höhepunkt seines Lebens, von Jahren voller Tod und Kälte und Eifer und Ehre. Er konnte nicht anders, als sie vor seinen Kindern auszubreiten. Oder vor sich selbst, Nora und ihre Geschwister schien er beim Erzählen oft gar nicht wahrzunehmen. Immer wieder beschrieb er minutiös Routen, Befehle, Manöver. Nora hat das meiste vergessen, aber sie weiß noch genau, mit welchem Fieber ihr Vater erzählte und sich in Details und auf Nebenschauplätzen verlor. Sie trägt es tief in sich wie die Erinnerung an eine Landschaft, die über weite Strecken verschwommen und vernebelt ist, die sie nicht wirklich beschreiben, aber ebenso wenig tilgen kann.

„Er war Chemiker", hört sie Alejandro sagen. „Schon jung mit einer vielversprechenden Karriere. Man hat ihn nicht an der Front, sondern in militärischen Laboren eingesetzt. Nach dem Ende des Krieges ist er über Italien nach Argentinien geflohen. Offenbar war es nicht sehr schwierig, das Rote Kreuz hat tatkräftig mitgeholfen. Er wusste, dass er in Argentinien eine gute Stelle bekommen würde. Er war immer stolz darauf, dass man ihn hier, am anderen Ende der Welt, brauchte und damals mit offenen Armen empfangen hatte."

„Mit offenen Armen", sagt Nora und verdreht die Augen. „Natürlich."

„Meine Mutter hat er hier in Argentinien kennengelernt. Sie war um einiges jünger als er."

Nora ist erschöpft, ihre Wangen glühen. Die entspannte Stimmung von vorhin ist verflogen. Sie sieht sich plötzlich von Weitem an einem Cafétisch sitzen wie in einer arrangierten Szene, mit einem Argentinier, der nicht zu Camilos Familie gehört, den sie noch nie im Leben gesehen hat, mit dem sie so gut wie keine Erinnerungen verbindet. Er sagt nicht viel zu Camilos Tod, auch nicht zu Henrys, fällt ihr gerade auf. Dabei ist es gewissermaßen der Tod, der sie hierhergeführt hat.

Hier sitzen sie nun, wie zwei Unbekannte, die gemeinsam einen Schiffbruch überlebt haben.

Als Nora das Treffen gerade beenden will, wechselt Alejandro das Thema.

„Hatte Camilo nicht italienische Vorfahren? Oder waren es Franzosen?"

„Beides." Sie muss sich einen Ruck geben, um auf Alejandros Frage einzugehen. „Die italienische Seite war präsenter, die französische eine Generation älter. Der französische Großvater kam aus der Gegend von Lille und hat in Argentinien eine Italienerin geheiratet."

Ihr Gegenüber nickt wie ein aufmerksamer Schüler.

# 15
## Lela und Peti

1978 lernte Camilo den Herkunftsort seiner italienischen Großeltern kennen. Die beiden wollten damals wieder einmal in die Heimat reisen, auf dem Seeweg, wie immer. Fliegen war ihnen nicht geheuer, die Flughäfen machten ihnen Angst, sie fürchteten, dort bei der Zwischenlandung kein Wort zu verstehen, sich zu verlaufen, ihren Anschlussflug zu verpassen. Camilo hatte damals einen cleveren Einfall. Er erkundigte sich nach Flugverbindungen und fand eine günstige über Amsterdam, deutlich billiger als die Schiffspassage. Seinen Großeltern schlug er vor, von dem gesparten Geld ein drittes Flugticket für ihn zu kaufen. Er würde sie begleiten und ihnen unterwegs behilflich sein mit seinem Schulenglisch und seinem bisschen Deutsch und sie durch das fremde Terrain lotsen.

„Nicht schlecht", sagt Alejandro.

„Sie ließen sich überreden und nahmen ihren Enkel mit. Dabei war eigentlich *er* es, der *sie* mitnahm. Obwohl es auch für ihn die erste Flugreise war. Sie waren sogar richtig glücklich, ihm endlich ihr Dorf zeigen zu können. Und ahnten nicht, wie sehr sie diese Reise später bereuen würden, als der Enkel ganz in Europa blieb. Ausgewandert, wie sie damals."

Alejandro lächelt schief. Die Armen.

„Camilo hat sich oft über seine Großeltern amüsiert, die damals mit riesigen Taschen voller Essen und Geschenken aufbrechen wollten. Ihr könnt diesmal nicht wie bepackte Maultiere reisen, hat er zu ihnen gesagt, wir fliegen, also wenig Gepäck. Auf dem Schiff hatten die beiden immer etliche Koffer und Taschen dabei. Die Großmutter hat sehr gejammert und schweren Herzens vieles wieder ausgepackt.

Was würden die Nachbarn und Verwandten im Dorf sagen, wenn sie so wenig Geschenke mitbrachten! Aber dafür brauchte sie diesmal keiner aus der Familie im Hafen abzuholen, diesmal war ihr Enkel dabei und sie reisten mit wenig Gepäck. Von Rom aus nahmen sie den Zug in die Berge, dort stiegen sie in einen Bus und waren nicht erst nach acht oder zehn Tagen in ihrem Dorf, sondern schon am nächsten Tag."

„Trotzdem ganz schön anstrengend für alte Leute."

„Sie fuhren in die Abruzzen, nach Montalto, ein Dorf in den Bergen, wie der Name schon sagt. Die Dorfbewohner haben immer von Landwirtschaft, von Ziegen und Schafen gelebt. Camilo hat mir Montalto als winziges Dorf beschrieben, ohne Läden, ohne Kneipe. Ich war selbst nie da. In Montalto wurde der mitgebrachte Enkel natürlich von Haus zu Haus gereicht."

„Ich kann's mir lebhaft vorstellen."

„Laut Camilo gab es in Montalto nur drei verschiedene Familiennamen. Würde mich nicht wundern, wenn da auch Inzest vorgekommen ist, hat er gesagt."

Sie erinnert sich, wie liebevoll Camilo immer von seinen Großeltern erzählte, bei denen er als Kind und in den Jugendjahren viel Zeit verbracht hatte. Von Heidelberg aus hat er sie häufiger angerufen als seine Eltern. Die Familie hat lange im Haus der Großeltern gewohnt, nah an einem großen Park, in dem alle Jungs des Viertels Fußball spielten.

Camilos Großvater Peti hatte außerdem in Tortuguitas, einem kleinen Vorort von Buenos Aires, ein Stückchen Land gepachtet und darauf ein Häuschen gebaut. Am Wochenende wollte er mit der Familie das Landleben genießen und dies und das anpflanzen. Aber irgendwann hatte er es satt, dass in das Haus immer wieder eingebrochen wurde und alles verschwand, was nicht niet- und nagelfest war. Die Diebe brachen die Schlösser auf, klauten Decken, Matratzen, Töpfe und Pfannen. Dauernd mussten Dinge repariert und nachgekauft werden.

„Camilo ist eigentlich als Tourist nach Europa gekommen, oder?"

„Ja, aber ich glaube, er hatte schon bei dieser ersten Reise die Idee, Argentinien zu verlassen. Vor allem, wenn ich heute die Briefe lese, die seine Schwester ihm damals geschrieben hat. Für Camilo war es in Argentinien zu eng geworden. Sein Vater war durch einen Schlaganfall halbseitig gelähmt und erwartete von seinem Sohn, dass er ihn im Geschäft unterstützte, einem Großhandel für Haushaltswaren. Außerdem war er jähzornig, depressiv und eine richtige Nervensäge, hat seinen Sohn permanent schlechtgemacht: Da liegst du schon wieder und tust nichts, hörst den ganzen Tag nur Musik. Aus dir wird nichts. Steh auf, lieg nicht ständig herum, mach was. Klavier übst du auch nicht, der Unterricht wird gestrichen. Faulpelz, Nichtsnutz, raff dich mal auf. Und so weiter. Camilo hat mir oft davon erzählt, es saß ihm tief in den Knochen."

An der Uni in Buenos Aires war die Lage zunehmend brenzliger geworden. Camilo schwang politische Reden, bis die Kommilitonen ihm rieten, nicht mehr aufs Rednerpult zu steigen, er wäre sonst der Nächste, den die Geheimpolizei von der Straße weg ins Auto zerren und von dem man nie wieder etwas hören würde. Den sogenannten Subversiven drohten Folter und Erschießung, Tausende wurden in diesen Jahren umgebracht und aus Militärflugzeugen in den Rio de la Plata geworfen. Ein Fluss wie ein Meer wie ein Grab. Die Verschwundenen Argentiniens, die *desaparecidos*, wurden zu einem festen Begriff voller Tragik und Rätselhaftigkeit.

„Was sollte Camilo denn in der Firma machen?"

„Die Firma war sehr klein, nur der Vater und zeitweise noch ein Geschäftspartner. Camilo hätte die Handelsreisen, auf denen er seinen Vater hin und wieder begleitet hat, allein übernehmen sollen."

Endlose Fahrten durch die Pampa, über schnurgerade Landstraßen, auf denen einem stundenlang keine Menschenseele begegnet, nur Rinder rechts und links. Den Wagen vollgepackt mit Tellern, Schüsseln und Töpfen. Im Sommer die drückende Hitze. Er hat Nora die Dörfer mit den glutheißen, baumlosen Straßen beschrieben, in denen er mit seinem Vater die Läden aufgesucht und Musterware vorgeführt hatte.

„Ich stellte mir vor, wie er, wenn er die Touren allein gemacht hätte, abends vor einem einsamen Steak mit Salat gesessen hätte und hinterher im Hotel vor dem Fernseher, falls es einen gab, eingeschlafen wäre. Vielleicht hätte er auch seine Gitarre mitgenommen."

„Er wäre viel zu müde gewesen von der Fahrerei, um noch eine einzige Note zu spielen."

„Und er hätte über die Hitze im Zimmer geflucht. Er hat Hitze gehasst. Die Deutschen haben sich immer über ihn gewundert. Du bist doch Argentinier, haben sie erstaunt gesagt."

„Das kenne ich." Alejandro lacht und es kommt wieder Bewegung in sein Haar.

Beim Thema Hitze muss Nora an das dunkle, verbarrikadierte Haus von Camilos Großeltern denken. Lela und Peti, wie Camilo sie als Kind genannt hatte, waren schon sehr alt, als Nora sie kennenlernte. Der hagere Peti tastete sich fast blind durch die Räume und saß stumm am Tischende, verstand nicht mehr viel von den Gesprächen. Lela, klein und pummelig, weißes Haar und rundes Gesicht, plauderte gern und führte im Haus das Regiment.

Mit Anfang zwanzig hatte Alfonso, wie Peti eigentlich hieß, das italienische Bergdorf verlassen. Er wollte nach Übersee wie so viele seiner armen Landsleute. Warum die geplante Auswanderung in die Vereinigten Staaten nicht geklappt hat, weiß heute keiner mehr. Stattdessen schiffte er sich nach Buenos Aires ein. Dort brauchte er aber nicht wie die meisten Ankömmlinge im Migrantenhotel auszuharren, musste nicht Nacht für Nacht in einem großen Saal auf einer Pritsche schlafen und auf Arbeit warten. Ein paar Cousins hatten sich schon vor ihm in Argentinien niedergelassen und nahmen ihn bei sich auf. Er schlug sich zunächst als Hilfsarbeiter auf verschiedenen Baustellen durch. Als er nach zwei Jahren eine feste Stelle als Maurer und eine eigene Wohnung hatte, ließ er seine Frau mit der kleinen Tochter Rita, Camilos Mutter, nachkommen. Sie war kurz vor Alfonsos Abreise geboren.

In Camilos Erzählungen tauchten immer wieder auch die eingewanderten Onkel und Tanten auf, Giuseppe, Lino, Meta und wie sie alle hießen. Einige waren inzwischen fortgezogen, andere verstorben. Sie alle hatten das bäuerliche Leben und die tägliche Polenta hinter sich gelassen, um in der Ferne ihr Glück zu machen. Argentinien, das dringend Arbeitskräfte brauchte, hatte sie mit offenen Armen empfangen.

Camilos Großmutter Lela war mit ihrer Tochter nach Buenos Aires aufgebrochen, als die Kleine zwei Jahre alt war. Auf dem Schiffs- deck habe sie das Mädchen mit einer Schnur an ihr Handgelenk gebunden, erzählte sie, damit es nicht über Bord ging. Die zweite Tochter wurde in Buenos Aires geboren: Emilia, Camilos Tante Milia.

Noch mit über achtzig spricht Lela mit dem Singsang der Italiener und fabriziert eigenhändig Gnocchi, Ravioli, Tortellini. „Deine Gnocchi sind hart wie Kieselsteine, die kann man an die Wand werfen", neckt sie Camilo, als er Nora zum ersten Mal zu seinen Großeltern mitnimmt. Lela empört sich lachend. Ihr Lieblingsenkel darf sich die Frechheit erlauben, alles darf er sich erlauben, Hauptsache der Auswanderer ist wieder da.

Während die Familie um den Tisch sitzt und Lelas Gnocchi in Tomatensoße verzehrt, herrscht draußen glühende Hitze, in der Erdgeschosswohnung sind sämtliche Rollos zugezogen. Ohne das Deckenlicht säßen sie im Dunkeln. Im Hochsommer ist die Mittagshitze von Buenos Aires kaum zu ertragen, wer kann, bleibt im Haus. Nur Nora unternimmt kleine Spaziergänge oder setzt sich in den Garten, in den Hof, auf die Dachterrasse. Alle schütteln den Kopf. „Du verbrennst da draußen", sagen sie. Natürlich haben sie Recht.

In Camilos Elternhaus sind die Räume größer, Licht fällt aus dem Garten in die Küche, Nora fühlt sich hier wohler als bei Lela oder später bei Milia. Manchmal zieht sie sich in Camilos ehemaliges Zimmer zurück, liest oder schreibt, begleitet vom Ächzen und Scheppern des alten Ventilators. In diesem Zimmer beginnt sie, ihren ersten französischen Krimi zu übersetzen. Abends liegen sie beide mit aufgeheizten Körpern auf dem Bett, Camilo streichelt Noras feuchte Haut, rhythmisch singt und seufzt der Ventilator, von Zeit zu Zeit stottern seine Flügel.

70 Ob Camilos Großeltern noch italienisch gesprochen haben, will Alejandro wissen.

„Nein. Auch nicht untereinander. Laut Camilo hatten sie sich längst ans Spanische gewöhnt."

„Bei uns wurde immer Deutsch gesprochen. In den deutschen Familien war das so üblich."

Camilo hat die Großeltern manchmal nachgeahmt mit ihrem ländlichen italienischen Akzent und ihren sonderbaren Ausdrücken. Die beiden wollten nicht mehr zurück in ihr Bergdorf, in Argentinien hatten sie ihre Kinder und Enkel und ein gutes Leben. Peti war in Montalto nur wenige Jahre zur Schule gegangen, erst in Buenos Aires hat er einen Schulabschluss gemacht. Später hat er Kurse belegt und sich weitergebildet, so hat er es bis zum technischen Zeichner gebracht und schließlich eine feste Stelle in der Baubehörde bekommen.

„Italien war natürlich Camilos erste Station in Europa. Danach ist er weitergereist, mit seiner Interrailkarte aufs Geratewohl in alle

Himmelsrichtungen, bis hinauf in den hohen Norden. Tagsüber hat er die europäischen Städte besucht, nachts ist er schlafend weitergerollt."

„Und irgendwann ist er zu Henry gefahren", unterbricht Alejandro Nora.

„Ja, Henry war der Grund, warum er nach Heidelberg wollte." Alejandro greift nach seinem Glas. Beide schweigen.

Camilo machte auf seiner einsamen Reise in Heidelberg bei Henry Station. Die beiden kannten sich aus der Schule, an der Uni waren sie Kommilitonen gewesen und enge Freunde geworden.

Camilo wohnte bei Henry, lernte andere Latinos kennen, Studenten und Asylanten, hörte, was die erzählten, die aus den Diktaturen ins Exil geflohen waren, manche hatten Gefängnis und Folter hinter sich. Man traf sich, diskutierte, hörte und machte Musik. Es ging lebhaft und spanisch zu. Camilo konnte sich vorstellen, hier zu leben und zu studieren. Er war nicht allein, Henry war ja da. Er freundete sich mit Chilenen, Kolumbianern, Costa Ricanern an. In Buenos Aires hätte er diese bunte Mischung nicht angetroffen. Vielleicht auch nicht die Musik, die in den USA unter dem Namen Salsa Furore machte und gerade in Europa bekannt zu werden begann.

Camilo lieh sich einen E-Bass, wollte die afrokubanischen Rhythmen lernen, hörte Tag und Nacht Son und Salsa. Überlegte, sich einen Job zu suchen. Den Großeltern musste er jetzt beibringen, dass sie ohne ihn zurückfliegen würden, den Eltern mitteilen, dass er seine Rückkehr verschieben wolle.

Alejandro schaut schon zum zweiten Mal auf sein Handy und zuckt mit den Schultern: „Schade. Ich muss los, dabei gäbe es noch so viel zu erzählen. Aber meine Mutter hört nicht auf zu drängeln."

Er ruft den Kellner. Er will Nora auf jeden Fall einladen. Und er will sie noch einmal sehen, sie hätten ja bisher kaum über Henry gesprochen. Aber jetzt könne er leider nicht mehr bleiben. Nora erklärt, sie müsse an die Küste, eine familiäre Verpflichtung, aber danach sei vielleicht noch Zeit. „In Ordnung, wir telefonieren."

An der Bushaltestelle verabschieden sie sich. Alejandro wechselt die Straßenseite. Nora schaut ihm nach, wie er die Plaza Belgrano überquert, größer als die meisten Passanten, und seine Gestalt sieht im Schatten der Bäume dunkel aus.

# 16
# Patagonien

Der *Colectivo* ist voll. Mütter mit Kindern, Jugendliche, ein paar Alte, Männer mit Krawatte und im dienstlichen Hemd. In Noras Nähe steht ein junges Mädchen in einem grell gebatikten Trägerhemd, das unter der Brust endet und den Bauch bis zur Hüfte frei lässt. Man sieht hier viel weibliche Haut, mehr als in deutschen Sommermonaten. Nora erinnert sich an Jahre, in denen ihr in Buenos Aires überall schwangere Frauen mit nackten Bäuchen begegneten, großen, atemberaubenden Kugeln unter gespannter Haut, in der Mitte der vorgewölbte Bauchnabel. Sie hat sich damals gefragt, ob sie es mit einem neuen feministischen Selbstbewusstsein oder einem aufreizenden Trend zu tun hat. Vermutlich einer Mischung aus beidem.

Beim Gedanken an die argentinischen Schwangeren erfasst sie kurz der alte Schmerz über ihre ungeborenen Kinder. Als sie und Camilo sich endlich bereit gefühlt hatten für ein Kind, mussten sie erst einmal Geduld aufbringen, dann folgte eine Fehlgeburt auf die andere. Wie so oft, wenn diese Erinnerung auftaucht, sucht sie sofort nach Ablenkung.

Sie beobachtet das Mädchen im Trägerhemd, das auf sein Handy starrt und dabei rhythmisch den Oberkörper bewegt. Die großen Ringe, die an ihren Ohren baumeln, schwingen mit. In Buenos Aires wimmelt es von hübschen, schlanken jungen Frauen, die sich im Sommer mit winzigen Stoffmengen bedecken. In den Neunzigerjahren trugen sie derart kurze Minikleider, dass Nora sich fragte, wie sie es schafften, sich zu bücken, und sei es nur fünf Zentimeter tief, ohne ihren Po zu zeigen. Mit erstaunlichem Geschick gelang es ihnen, sich so zu bewegen, dass ihre Slips nie zu sehen waren. Dann änderten sich die Moden, ultrakurze Röcke sah man nur noch selten, aber Aufreizendes und auf die Spitze Getriebenes immer noch an jeder Ecke.

Alejandro, denkt Nora, ist gegangen, als das Gespräch auf seinen Bruder kam. Dabei war Henry doch der eigentliche Anlass des Treffens, und Zeit hätten sie auch genug gehabt. Das Gespräch hat sich mehr um Camilo gedreht, um Ereignisse aus seinem Leben. Ist es ihre Schuld?

Was sie nicht erzählt hat, ist, dass Camilo eines Tages doch in sein Land zurückwollte. Dass er irgendwann Lust hatte, wieder in die Gegenrichtung auszuwandern. Nora hätte gern ein paar Jahre mit ihm in Buenos Aires gelebt, aber er wollte nicht in die Hauptstadt, nicht in die Nähe der Familie zurückkehren als jemand, der es zu nichts Anständigem gebracht hat, aus dem nur ein kleiner Musiker mit schwankenden Einkünften geworden war. Als solcher würde er in Buenos Aires ohnehin nicht überleben können, sagte er.

Dann lieber endgültig aussteigen. Ein ganz anderes Leben beginnen. Aber ein freies, wie sie es immer gehabt hatten. Ohne Arbeitgeber, der die Regeln und den Tagesablauf diktiert. Er malte sich aus, dass sie nach Patagonien gehen, sich dort einen Pferdewagen anschaffen und Touristen durch die Gegend kutschieren würden. Patagonien lockte inzwischen immer mehr Urlauber aus aller Welt an, und von irgendetwas müsste man schließlich leben. „Aber tagsüber verbrennt einen die Sonne und ständig weht ein schneidender Wind", sagte Nora. Und was ist dort im Nirgendwo mit der Musik? Gut, wir könnten für die Urlauber spielen, dachte sie im nächsten Moment. Diesen verdrehten Auswanderertraum fand Nora abenteuerlich, romantisch und völlig verrückt. Camilo ging es schließlich genauso, und sie blieben, wo sie waren. Camilo spielte seine Konzerte, arrangierte Stücke und probte mit seinen Gruppen, jobbte an der Kneipentheke, wenn das Geld nicht reichte. Nora übersetzte, machte Musik, jobbte. Irgendwie ging es doch immer weiter, sie fühlten sich beide wohl in ihrer Unabhängigkeit.

Dass Camilo wegwollte, dass er einen Ausweg aus seinen Fragen und Zweifeln suchte, hat Nora immer wieder gespürt. In späteren Jahren, Patagonien war schon lange abgehakt, ergriff ihn die große Sehnsucht nach einem Leben am Meer. Er wollte mit Nora nach Ostfriesland ziehen, das sie vor Kurzem kennengelernt hatten. Es war mehr als nur ein vager Traum vom ländlichen Leben am Wasser, der Sog hatte Kraft und Nora ließ sich zögernd anstecken. Ihre Stadtwohnung könnten sie gegen ein spottbilliges Haus bei Emden eintauschen, argumentierte Camilo. „Und da sitzen wir in der Einöde, ohne Freunde, wie halten wir das aus?", erwiderte Nora und träumte trotzdem schon vom Wattenmeer, von Schafen und einem eigenen Garten. Sie würde dort mehr schreiben und mit Camilo das Meer und das fast ebenso uferlose Flachland genießen.

Ihm hätte es genügt. Ein Leben mit ihr und den beiden Katzen und vielleicht einem Segelboot. Er werde Möglichkeiten finden, weiter Musik zu machen, beteuerte er, werde Bandoneon und Tangotanzen unterrichten. Und sie, Nora, würde Percussion-Schüler finden und ihre Bücher könne sie sowieso an jedem Ort der Welt übersetzen. Warum also nicht?

Aber Nora hat Angst. Vor etwas anderem als einem Ortswechsel. Sie hat Angst, dass selbst am Meer kein Ausweg zu finden ist. Camilos Herz ist mittlerweile angeknackst, er hat den hohen Blutdruck seines Vaters geerbt, trotzdem raucht er weiter. Die Depressionen werden hartnäckiger, er könnte einen Schlaganfall erleiden wie sein Vater, an Krebs erkranken wie seine Mutter, seine Schwester, wie viele in seiner Familie. Aber er muss raus. Ans Meer, wenn schon nicht übers

Meer. Sie will, dass es ihm besser geht, und findet, den Heidelberger Alltag hatten sie lang genug. Noch bevor sie sich für ein Haus an der Nordsee entschieden haben, kommen die Schmerzen und die Diagnose.

# 17

# Umzug

Nach drei Tagen bei Milia zieht Nora zu Luca und Susana und schüttelt die Dunkelheit aus Milias Wohnung ab. Die Tante hat Nora gestanden, dass sie an Camilos Tod nicht glauben will. Für sie ist der geliebte Neffe nur sehr weit weg, in Deutschland. Warum sollte er nicht mehr leben? Gedanken an seinen Tod zertritt sie blitzschnell, schraubt sie mit der Schuhspitze in den Boden, wie man ein lästiges Insekt vernichtet. Todesbilder müssen vernichtet werden. Sie weiß es und ist stolz auf ihre Taktik. Aber jetzt ist die Frau ihres Neffen da. Sie hatte die Grausamkeit, allein zu kommen, und erinnert sie nun permanent an ihren Neffen. Er ist aus seiner Totenstarre erwacht und es zeigt sich, dass die Todesgedanken die mörderische Schuhspitze der Tante überlebt haben, sie kriechen zu ihr aufs Bett im abgedunkelten Zimmer, mitten hinein in ihre Siesta, ihr wird ganz elend davon.

Endlich, nach drei Tagen, beschließt ihr Sohn, der sie kränkelnd und in übelster Laune im Bett vorfindet, sie von dem Eindringling und auf diese Weise von den kriechenden und beißenden Gedanken zu befreien. Der Schwiegernichte bietet er an, in sein Haus zu ziehen. Für Milia und auch für Nora eine Erlösung. Nora hätte nie gewagt, etwas Derartiges vorzuschlagen, es hätte die Tante zutiefst beleidigen können, die ohnehin angegriffen ist von der Leibhaftigwerdung der Schwiegernichteneinsamkeit, von der Schwiegernichte selbst, die statt des Neffen in ihrem Haus sitzt und viel zu viel von ihm redet.

Nora packt ihren Koffer, zieht das Bett ab, holt ihre Waschtasche aus dem Bad. Luca fährt mit ihr zu seinem Haus im benachbarten Stadtteil, der Milias zum Verwechseln ähnlich sieht. Einstöckige Reihenhäuser mit Flachdächern, darauf viele Dachterrassen, begrünte oder verwaiste. Nora steigt ein zweites Mal mit ihrem Gepäck aus Lucas Wagen in die glühende Luft, auf die sonnengebadete Straße, und die Stadt erscheint ihr plötzlich hell und verjüngt.

Am nächsten Tag verkauft Tante Milia das Gästebett. Das Klappbett, auf dem Nora früher immer geschlafen hat, will sie ihrer Enkelin Laura schenken. Kurzer Prozess. Milia wird das Gästezimmer in ein Fernsehzimmer umfunktionieren, Besuch will sie hier nicht mehr haben. Nora kommt es vor, als habe man hinter ihr eine Brücke eingerissen, auf der sie eben noch stand. Während Milia es schafft, alles zu entfernen, was weh tut, tappt sie selbst durch eine endlose Ansammlung von Gegenständen und Bildern und will kein Stück davon hergeben. Das Gespenst soll sie ruhig jeden Morgen begrüßen, so lange, bis sie einfach vergisst, zurückzugrüßen, vielleicht, weil sie es nicht mehr sieht und nicht mehr hört. Wahrscheinlich aber wird sie immer mal wieder nach ihm greifen, es an sich ziehen, um es nie, nie mehr loszulassen. Es wird sich schon von allein befreien. Es wird winken, gelegentlich neben ihr sitzen, sich nachts neben sie legen. Aber später, erst später, so weit sind sie beide noch lange nicht.

Nachdem Nora sich bei Luca und Susana eingerichtet und mit ihnen einen Mate getrunken hat, erkundet sie im Alleingang das Viertel. An einem Kiosk kauft sie sich eine Packung Zigaretten. Dass die Hinterbliebene noch hin und wieder raucht, wo ihr Mann doch an Lungenkrebs gestorben ist, geht vielen Leuten nicht in den Kopf. Die Süchtigen verstehen es. Zigaretten sind jetzt ihr Schmerzmittel von Zeit zu Zeit. Kurzes nikotinhaltiges Luftholen, eine Mischung aus Betäubung und Entspannung, die viel zu schnell verfliegt, aber immerhin schenkt ihr der Vorrat in der Tasche die Illusion, eine Waffe gegen die Trauer zu besitzen, allerdings nur eine kurzlebige, die ihr zudem nicht mehr besonders schmeckt. Einatmen, tief. Das alles wird vergehen, sagt sie sich und tritt den Zigarettenstummel auf dem schattigen Bürgersteig aus. Das leichte Schwindelgefühl verpufft.

Schon kurz nach seinem Tod sind in ihrem Kopf Bilder vom Anfang ihrer gemeinsamen Geschichte aufgetaucht. Die ersten Monate waren wieder da, lebendiger als in den ganzen letzten Jahrzehnten, die Bilder bekamen plötzlich ihre Schärfe zurück. Sie träumt jetzt auch wieder vom jungen Camilo, im Traum sind seine grauen Haare dunkel und gelockt wie früher, er nimmt sie in die Arme wie früher und nennt sie *tortuguita,* „kleine Schildkröte".

Nora läuft durch die Straßen und er lacht, weil sie nach seiner Hand greift. Hand in Hand spazieren zu gehen, ist ihm peinlich. Nicht mal am Anfang sind sie Hand in Hand durch die Gassen gelaufen, dafür eng umschlungen. Durch die schmale Gasse, die ihre Häuser verband, war er ihr eines Nachts im Traum entgegengekommen, noch bevor sie zusammen waren, und Nora glaubt, dass dieser Traum vielleicht alles entschieden hat: Sie sieht ihn in einiger Entfernung auf sich zukommen, geht ihm entgegen, und als sie vor ihm steht, breitet er, den sie noch kaum kennt, die Arme aus, und sie weiß im Traum, dass sie zu Hause angekommen ist.

In der Wirklichkeit sieht die Gasse kein bisschen anders aus. An der Ecke, nahe der Traumbegegnung, steht Noras Haus, in dem mehrere Studenten wohnen, jeder in einem kleinen Zimmer mit Waschbecken. In der mittleren Etage liegt ein Bad mit Toilette und Badewanne, Nora wohnt unterm Dach. Von Camilos Haus zu ihrem läuft man zweimal um die Ecke und ist am Ziel. Nur ein paar Schritte weiter und man ist im Jazzkeller oder in einem der kleinen Altstadt-Kinos. Gemeinsam schauen sie sich *Cría cuervos* von Carlos Saura an und die mädchenhafte spanische Stimme im Hintergrund singt noch Jahre später in Noras Kopf.

Mittags laufen sie zur Mensa, um noch in allerletzter Minute ein Essen zu ergattern. Wenn Camilo seine schwarze Baskenmütze trägt, sieht er aus wie Che Guevara. Natürlich liest er Bücher über Kuba und schenkt ihr Romane von García Márquez. Sie blickt durch die Bücher und durch sein argentinisches Spanisch hindurch in seine ferne Welt, aber in die Zukunft blickt sie nicht. Sie kann nur das Jetzt sehen. Außerdem ist sie schon auf dem Sprung, sie wird ein halbes Jahr in Paris studieren, wie sie es wollte. Bald wird sie gehen. Sie werden sich Briefe schreiben.

Die Vergangenheit wird von einem nahen Bild verdrängt. Ein Krankenhausflur, Schwestern, Pfleger, Essenswagen, Zimmertüren, alle gleich, davor Desinfektionsflaschen an der Wand. Camilo kommt ihr entgegen, in Shorts, es ist sehr warm. Sie begleitet ihn nach unten, durch die große Vorhalle zum Eingang und hinaus auf den sonnenbeschienenen Bürgersteig, wo er sich eine Zigarette anzündet und mit Nora ein paar Schritte geht. Mit ihr setzt er sich nicht in die Raucherecke, die erträgt sie nicht. All die hoffnungslosen Kranken, denen sie ja ihre Zigaretten gönnt, aber für Camilo hat sie noch Hoffnung. Darüber staunt sie selbst, denn die Befunde, mit denen man sie überhäuft, versprechen nichts.

Vor der Klinik lärmen Roma-Familien mit Kind und Kegel, sie sind gekommen, um einen stattlichen älteren Herrn im Rollstuhl zu besuchen. Alle Frauen rauchen, von den Männern kein einziger, die haben dafür ausnahmslos einen dicken Bauch.

Sie reden laut und fallen auf. Ein bisschen wie damals die Latinos, wenn sie zu mehreren zusammenstanden. Nora fand sie laut, ihre Begeisterung manchmal zu schrill, auch die hitzigen Streitgespräche über Politik. Auch die Salsa-Bläser. Für Nora gehörten Bläser zu Marschmusik und Karnevals-Rumtata oder zum sonntäglichen

Händel-Konzert in ihrem Elternhaus. Jazz kannte sie kaum, sie hörte Rockmusik, ein bisschen Reggae und Punk, saß immer noch wie hypnotisiert vor den frühen Platten von Genesis. Für Camilo war das alles schon Vergangenheit, er hörte die afrokubanischen Rhythmen, die sich langsam in Heidelberg einen Namen machten, Salsa, dafür sorgten die Latinos.

Nora besaß nur eine einzige Schallplatte aus Südamerika: von Victor Jara, einem chilenischen Musiker, dem die Militärs die Hände gebrochen und die Zunge herausgeschnitten hatten, damit er nicht mehr Gitarre spielen und nie mehr singen konnte. Den sie gefoltert und mit 44 Schüssen getötet hatten. Zwei spanische Freundinnen hatten ihr die Platte geschenkt, und bei der Musik dachte sie an Revolution und manchmal auch an den schönen Miguel, in den sich auf der Sommerreise alle Mädchen verliebt hatten.

# 18
## José und Josefa

Nora hat vom See geträumt. Vielleicht weil das Wasser so nah ist, die weite Flussmündung und die Meeresküste, die sie erwartet. Die erste Nacht bei Luca und Susana war traumlos, nach schwerem Schlaf ist Nora morgens auf die Dachterrasse getreten, die gleich neben ihrem Zimmer liegt, und hat sich von der Sonne bescheinen lassen. Sie hat den Tag mit Susana verbracht, die nicht mehr arbeitet, sie sind durch Buchhandlungen gelaufen, haben sich gegenseitig mit Lesetipps überhäuft und sich Bücher geschenkt. „Wie schön, dass du gekommen bist", hat Susana gesagt. Nora hat es nicht gewagt, von der Asche zu erzählen. In Buenos Aires denken alle, sie wolle in Villa Gesell nur Camilos Schwager und Neffen besuchen.

In der Nacht ist der See zurückgekommen, dieser blanke, dunkle, von tannengrünen Hängen umgebene See. Alljährlich waren sie mindestens einmal dort gewesen, er lag nur wenige Stunden von Heidelberg entfernt, und auf dem Campingplatz war fast immer am Ufer noch ein Stück Rasen frei. Jedes Mal, wenn sie die Rheinbrücke überquert hatten, fingen sie an, wie Kinder laut die französischen Schilder zu lesen, sich über die Kühe, die Kreisel, die näher rückenden Berge zu freuen, und begrüßten die Dörfer mit ihren Storchennestern wie zwei, die soeben in die Freiheit entlassen worden waren.

Würde sie jemals wieder zu diesem See fahren, fragt sich Nora, an dem sie ihr Zelt immer mit dem Eingang Richtung Wasser aufbauten? Camilo liebte es genau wie sie, dicht am Wasser zu sein. Dabei war er wasserscheu, schwamm nicht besonders gern und nahm die Lächerlichkeit akrobatischer Verrenkungen in Kauf, um trockenen Fußes ins Gummiboot zu steigen. Nora zog ihre Bahnen in Ufernähe und winkte ihm zu, wenn er mit Angel oder Buch in der Hand zu ihr herüberschaute. Seit sie das kleine Schlauchboot besaßen, verließ er, der Nachtmensch und Spätaufsteher, morgens noch bei Dunkelheit das Zelt und ruderte mit seinen Angelsachen an Bord auf den See hinaus.

Wenn Nora aufwachte, war der Tag längst angebrochen, sie steckte den Kopf aus dem Zelt und versuchte, auf der reglosen, in der Sonne glitzernden Wasserfläche Camilo zu entdecken, ihn an der Haltung zu erkennen zwischen den anderen drei oder vier einsam dahingleitenden Anglern. Dann ging sie zum Laden an der Straße, kaufte Baguette und Croissants, stellte am Ufer den Topf mit Wasser auf den kleinen Gaskocher und holte den Tee aus der Vorratsecke. Camilo kehrte fast immer mit leerem Eimer zurück. Als eines Tages doch ein hübscher kleiner Fisch seine Runden darin drehte, taufte Nora ihn Hugo und er wurde am Nachmittag wieder in den See zurückgeschickt: Einen Fisch mit Namen kann man nicht essen. Beim Frühstück dachten sie sich etwas aus für den Tag oder streckten nur die Beine Richtung Ufer und schauten den vorbeiziehenden Enten hinterher. Nein, dort zelten wird sie nicht mehr, auch nicht mit Freunden. Vielleicht findet sich eines Tages ein anderer See.

Als Nora die Treppe zum Wohnzimmer hinuntergeht, steigt ihr Toastgeruch wie bei Milia in die Nase. Neben der Küchentür fällt ihr Blick auf das Porträt eines alten Mannes mit weißem Bart. In der Küche sitzt Susana im Träger-T-Shirt und lächelt, vor sich das kleine Holzgefäß mit der *bombilla*, dem Metallröhrchen zum Mate-Schlürfen.

Von sich und ihren See-Erinnerungen will Nora nicht reden, auch nicht davon, dass sie keine Zukunft erkennen kann, nur ein Bleiben und Überleben, wie auch immer. Susana soll erzählen, ruhig von allem, was in Argentinien gerade schiefläuft, oder von ihrer Tochter Laura, die sich in ein schwieriges Beziehungsnetz verstrickt hat, in dem die eine nicht weiß, dass es den anderen noch gibt. Susana spricht vom

Bild ihres Vaters, als hätte sie erraten, dass Nora es soeben entdeckt hat. Früher hing es in ihrem Schlafzimmer. Ein Selbstporträt.

Ihr Vater José, erzählt Susana, als Nora mehr über ihn wissen will, war ein spanischer Schafhirte und ist sehr jung nach Argentinien ausgewandert, um dem Militärdienst und der Armut zu entgehen. Fast ohne Schulbildung schiffte er sich nach Buenos Aires ein, arbeitete erst in der Landwirtschaft, dann den Rest seines Lebens als Putzkraft und Hausmeister und wollte vor lauter Scham über den nicht gelungenen Aufstieg nie mehr in seine Heimat zurück. Aber malen konnte er, auf dem Bild habe er sich genau getroffen, schwärmt Susana.

Sie lehnt sich zurück, während Nora eine Scheibe Toast mit Marmelade beschmiert und sich über den heißen Tee freut, obwohl ihr schon der Schweiß den Oberkörper herunterläuft.

„Und deine Mutter?"

„Ich habe dir nie erzählt, dass sie krank war", sagt Susana und legt sich eine Hand an die Schläfe. „Es ging los, als ich fünfzehn war."

Eines Tages habe sie die Mutter in der Küche neben dem Herd kauernd vorgefunden, alle Knöpfe waren aufgedreht. Das sei der Anfang gewesen. Die Mutter kam in die Psychiatrie. Auch später musste sie immer wieder in die Klinik, und wenn sie nach Hause zurückkehrte, ging das Familienleben weiter, als wäre nichts passiert. Bis alles von vorne anfing. Die Mutter bekam Halluzinationen, versuchte es wieder mit Gas, wurde wieder in die Psychiatrie gebracht.

„Vielleicht – denn erklärt hat sie uns nie etwas, kein einziges Wort hat sie meiner Schwester und mir über ihre Krankheit gesagt –, vielleicht hatte es damit zu tun, dass ihre eigene Mutter so früh gestorben ist, da war sie selbst erst fünf. Oder dass sie schon mit fünfzehn hierher nach Argentinien geschickt wurde, um die Familie zu entlasten, denn die war groß und sehr arm. Aber weil sie so jung noch nicht allein ausreisen durfte, hat man sie nicht als Josefa losgeschickt, sondern mit den Papieren einer toten Schwester, Benita, die schon erwachsen gewesen wäre. In Buenos Aires hat sie bei einem Onkel als Dienstmädchen gearbeitet, aber nie Geld dafür bekommen, und musste sehr wahrscheinlich auch noch anderes für ihn tun."

Nora schweigt betroffen. Susana sagt, ihre Mutter sei eine liebe, gutmütige Frau gewesen. Nach dem Tod des Vaters hätten sie und ihre Schwester mit ihr noch eine wunderschöne Reise nach Spanien unternommen. Mit achtzig habe sie dort Verwandte wiedergesehen, die sie als junges Mädchen verlassen hatte.

„Meine Schwester und mich hat sie mit über vierzig bekommen. Da war sie nicht mehr Benita, sondern wieder Josefa. Die Kinder ihres Onkels waren inzwischen groß, sie hatte noch eine Weile für eine andere Familie gearbeitet, bei der sie gut behandelt wurde und Geld verdiente. In der Zeit hatte sie meinen Vater kennengelernt."

Susana schlägt vor, oben eine Zigarette zu rauchen. Auf der Dachterrasse rücken sie die Stühle unter die Markise, ein schöner Platz, auch wenn die Hauswand schon Wärme gespeichert hat. Der Himmel strahlt heute „patriotisch", wie Camilo manchmal sagte, weil die argentinische Flagge himmelblau und weiß ist, mit einer Sonne in der Mitte.

„Nach dem Frühstück rauche ich immer eine, nur diese eine, damit es mit der Verdauung klappt", lacht Susana und bietet Nora eine Zigarette an.

Ein Lastwagen rollt mit lautem Scheppern vorbei und zwingt beide zum Schweigen.

José und Josefa, denkt Nora, während sie den Rauch in die Luft bläst und ihn Richtung Wäscheleine schlingern sieht. Sie hat Susanas Eltern nie kennengelernt. Auch Camilos Vater hat sie nicht mehr erlebt. Fotos von einem Mann mit markanten Zügen und verschmitztem Lächeln, der Camilo sehr ähnlich sieht, hingen in seinem Zimmer an der Wand. Nora hat viele Geschichten über ihn gehört, mehr unangenehme als originelle. Er war ein cholerischer Mensch wie ihr eigener Vater. Aber der konnte keine guten Witze erzählen und nicht Klavier spielen wie Camilos Vater.

„Auch in meiner Familie ist mal einer nach Südamerika ausgewandert", sagt sie, „aber ein Jahrhundert früher als deine Eltern und aus anderen Gründen. Clemens war der Bruder meines Ururgroßvaters, die beiden stammten aus einem Fürstenhaus."

„Davon hast du noch nie erzählt!"

„Bis vor kurzem wusste ich auch über diesen Onkel nur, dass er irgendwann in Südamerika war. Und der adelige Rest war mir immer egal. Clemens habe ich zufällig im Internet entdeckt, habe über ihn recherchiert und erfahren, dass er und mein Ururgroßvater in Paris geboren wurden. Weil sie Kinder aus einer nicht standesgemäßen Ehe waren. Ihre Mutter, Fürstin Juliane, hatte mit neunzehn einen Fünfzigjährigen geheiratet, Schlag auf Schlag vier Kinder bekommen und kurz darauf den Mann verloren. Plötzlich war sie allein, jung, einsam …"

„… und hat sich wieder verliebt."

„Genau. In einen Kammerherrn. Den hat sie dann geheiratet, obwohl er kein Fürst war, sondern nur ein Baron. Er muss charmant und attraktiv gewesen sein."

„Oder es waren gerade keine Fürsten zu haben", sagt Susana grinsend.

Juliane wurde wieder schwanger, zog sich, als ihr Zustand unübersehbar wurde, nach Paris zurück und brachte dort Noras Ururgroßvater August zur Welt. Im Jahr darauf wurde der kleine Clemens geboren. Beide Jungs hatten das Licht der Welt in der revolutionsgeschüttelten französischen Hauptstadt erblickt. Aber sie wurden weder dort noch am norddeutschen Hof großgezogen. Juliane brachte sie bei einem Pfarrer im Schwarzwald unter und sorgte aus der Ferne für eine gute Erziehung und Ausbildung.

„Beide haben ein Ingenieurstudium absolviert und in den Napoleonischen Kriegen als Offiziere Karriere gemacht. Clemens und August haben in der Schlacht von Waterloo gekämpft, Clemens für und sein Bruder gegen Napoleon. Zum Glück, ohne sich gegenseitig umzubringen. Mein Ururgroßvater hat an Napoleons Seite nur einen Zeh verloren, aber das erzähle ich dir ein anderes Mal", sagt Nora.

„Und Clemens war der Auswanderer?"

Nora berichtet von seiner langen Seereise nach Buenos Aires und davon, dass er in Argentinien in den Stab des Befreiers San Martín aufgenommen wurde.

„San Martín!" Susanas Stimme springt in die Höhe. Der Name ist hier allgegenwärtig, noch in der kleinsten Stadt ist er auf Straßenschildern, Plätzen und an den Sockeln von Reiterstatuen zu lesen.

„Leider hat Camilo nichts mehr davon erfahren", bedauert Nora, mehr entrüstet als traurig. „Ich habe es selbst erst vor Kurzem gelesen!"

„Er weiß doch jetzt alles", sagt Susana und schaut zum Himmel.

Nora sieht das goldgerahmte Porträt ihres fernen Onkels vor sich, das eine Tante kürzlich für sie abfotografiert hat. „In Südamerika hieß er nicht mehr Clemens, sondern Clemente", erzählt sie. „Junges, forsches Gesicht, Napoleon-Frisur, blaue Uniform mit riesigen Schulterklappen und hohem Kragen. Mit seinem dunklen Haar sah er fast aus wie ein Nachfahre der spanischen Konquistadoren. Ich stelle mir vor, wie er hoch zu Ross den Regenwald erkundet hat, begleitet von einem Trupp Indios, die ihm mit der Machete einen Weg durch die Wildnis bahnten. Als die spanische Krone so gut wie besiegt war und er auf dem Schlachtfeld nicht mehr gebraucht wurde, hat er sich nämlich als Kartograf betätigt: Er ist losgezogen und hat das erste geschlossene Kartenwerk von Peru geschaffen."

Susana nickt. „Die Deutschen", sagt sie. Nora lächelt. Sie schweigen und atmen die Sommerluft.

„Ich habe manchmal Angst, dass mir meine Mutter ihre Verrücktheit vererbt hat. Morgens wache ich auf und kriege sofort Panik." Angst schieße ihr dann in den Kopf, ein schreckliches Gefühl. Ein Arzt habe ihr Medikamente dagegen verschrieben, aber die nützten nichts. Die machten nur dick.

Nora kennt die große Unruhe im Morgengrauen, wenn der Tag wie ein Minenfeld vor einem liegt.

Susanas Zigarette zeigt Wirkung. Sie steht auf, muss sich ohnehin fertigmachen, für ihre Französischstunde. Nora bleibt auf der Dachterrasse sitzen. Die Luft steht still, die Wäschestücke auf der langen Leine bewegen sich nicht mehr. Sie legt die Beine auf den leeren Stuhl und betrachtet die beiden Kakteen, die an der Wand zur Nachbarterrasse ihre fleischigen Glieder von sich strecken.

Sie stellt sich einen spanischen Schafhirten vor, malt sich ein Leben in Armut im Spanien des frühen 20. Jahrhunderts aus. Schäfer, Schafherde, bellender Hund, eine Weide in gleißendem Sonnenlicht. Vielleicht Männer mit Hosenträgern und hochgekrempelten Ärmeln, Frauen mit verhärmten Gesichtern und Scharen ärmlich gekleideter Kinder, die gelangweilt auf Steinstufen sitzen oder mit trockenen Baumfrüchten Murmeln spielen. Die große europäische Armut jener Zeit bleibt für Nora malerisch, abstrakt.

Hier in Argentinien, vor allem in den Städten, hat sie Armut an vielen Ecken gesehen, die akrobatischen Einbeinigen in der U-Bahn, die Frauen, die Pflasterpäckchen zum Kauf anbieten oder Bettelbriefe auf die Knie der in ihre Handys vertieften Fahrgäste legen. In den Straßen am Stadtrand die Männer, die wie Pferde riesige Karren mit Altpapier hinter sich herziehen. Sie ist an den eingezäunten oder ummauerten Elendsvierteln vorbeigefahren, die keiner aus Camilos Familie je betreten hat.

Sie denkt wieder an Clemente und an seinen frühen Tod. Mit fünfundvierzig Jahren starb er auf einer seiner Expeditionen durch den peruanischen Urwald an einem tropischen Virus. Seine Kinder waren noch klein, seinen Bruder hatte er nie wiedergesehen. Die Mutter lebte schon lange nicht mehr, es heißt, sie sei mit achtunddreißig Jahren an einer schweren Erkältung gestorben.

# 19
# Musik

Mit jedem Takt weitet sich der Raum. Nora hat es gewagt, Astor Piazzolla aufzulegen, und der argentinische Bandoneon-Spieler füllt das Halbdunkel des Wohnzimmers mit dem langen Atem und den feinen Schlenkern seines Instruments. Geige, Klavier und Bass begleiten ihn. *Verano Porteño,* Sommer in Buenos Aires.

Nora sieht Camilo am Bandoneon, ernst und in sich gekehrt, über den Balg gebeugt, der sich lang und länger macht, als wollte er die gesamte Bühne überspannen, im nächsten Augenblick schnurrt er wieder zusammen. Piazzollas dynamische Melancholie kann sich Nora allmählich erlauben. Die alten Tangos nur mit Vorbehalt. Keinesfalls Gardel.

Zu Hause hat sie täglich, meist nachmittags und abends, jenseits des Flurs die sich wiederholenden Läufe und Figuren des Bandoneons gehört. Sie kannte sie auswendig. Die Musik hinter zwei Türen hat sie nicht gestört, sie war der Klang ihrer Stille, gehörte zu ihrer Arbeit und zum Leben zu zweit. Geärgert hat sie sich nur, wenn Camilo vergaß, seine Tür zu schließen, weil es bedeutete, dass er auch sie an ihrem Schreibtisch vergessen hatte. Den E-Bass spielte er meistens mit Kopfhörern, lautlos. Sie selbst verschwand zwischendurch an ihre eigenen Instrumente, die im Keller standen, in einem Raum, den Camilo und sie der Nachbarschaft zuliebe nach allen Seiten gedämmt hatten.

Bandoneon spielen hat Camilo erst spät gelernt. Das Instrument hatte seine argentinische Jugend begleitet, ohne von ihm geliebt, nicht einmal besonders beachtet zu werden. Es schallte aus dem Radio und aus den Nachbargärten. Man kam nicht daran vorbei. Aber Tango galt als Musik der Unterschicht und war in Camilos Familie verpönt.

Im Haus hörte und übte man Klassik, hinter geschlossenen Türen lief Rockmusik.

Camilo lebte schon gut zehn Jahre in Deutschland, als er das Bandoneon erforschte und seine frühere Meinung revidierte. Mit zwei argentinischen Musikern hatte er ein Tango-Trio gegründet, das Unternehmen war ein Abenteuer und bedeutete einen intensiven Lernprozess. Die drei Musiker gehörten im Süden Deutschlands zu den Pionieren, weit und breit gab es keine Tango-Gruppe, keinen einzigen Bandoneonspieler.

Camilo hat Nora von der Auswanderungsgeschichte des Instruments erzählt: Im neunzehnten Jahrhundert hat in Krefeld ein deutscher Musiklehrer eine neuartige und höchst eigenwillige Ziehharmonika entwickelt. Er hieß Heinrich Band, ein Name wie gerufen für ein selbst geschaffenes Instrument. Das Bandoneon wurde bald in ganz Deutschland gespielt, aber berühmt ist es erst in der Ferne geworden. Seeleute brachten es Ende des Jahrhunderts nach Argentinien. Dort wurde es zur typischen Stimme des Tangos, während es in seiner deutschen Heimat vom Akkordeon verdrängt wurde und allmählich verstummte.

Camilo macht sich in ganz Süddeutschland auf die Suche. In muffigen Kellern und auf staubigen Dachböden sieht er alte, verstimmte Bandoneons, schließlich findet er eines, das ihm zusagt, versucht, die sonderbare Anordnung der Töne zu beiden Seiten des Balgs zu verstehen, und beginnt zu üben. Täglich ist Nora jetzt von den neuen Klängen umgeben. Warm, kräftig, beinahe dröhnend sind sie in den tiefen Lagen. In den höheren gehen sie ihr manchmal auf die Nerven, wenn sie schrill werden oder zu quäken beginnen. Camilo reizt die komplizierte Spieltechnik und ihm gefallen die besonderen rhythmischen Möglichkeiten. Aber vor allem soll sein Tangoensemble richtig argentinisch klingen. Er übt von morgens bis abends und lernt schnell.

Plötzlich ist er mehr denn je Argentinier. Auch wenn ihn die Liebe zur kubanischen Musik niemals verlassen wird.

Piazzollas Bandoneon miaut wie eine Katze, dann wird es noch einmal laut und herrisch, bevor die letzten Akkorde zu einem zarten Faden verschmelzen und verklingen. Nora nimmt die CD aus dem Gerät und legt sie zurück in die Hülle.

Vermutlich hat der Besuch in der Eckkneipe gestern Abend sie auf Piazzolla gebracht. Eine Sängerin im roten Kleid hat ein paar Tangos vorgetragen, begleitet von einem jungen Gitarristen mit blau gefärbten Haaren. Luca hat Wein und Empanadas bestellt. Später haben die Gäste mitgesungen und im Lokal herrschte mehr Lebensfreude als Tangomelancholie. An den Wänden hingen Fotos der berühmten *tangueros*, in der Mitte der größte: Carlos Gardel.

Als Nora Camilo kennenlernte, war von Tango noch lange keine Rede, alles drehte sich um Son und Salsa und Kuba, für Nora Neuland.

Sie sitzen in seinem kleinen Zimmer in der Kettengasse. Er auf einem Hocker, leicht vorgebeugt, die Beine übereinandergeschlagen. Sie auf einem Stuhl, einen Skizzenblock auf den Knien. Sie hat ihn in den vergangenen Monaten oft gezeichnet, man kann sich nicht pausenlos umklammern und verzehren. Heute hat sie Lust, ihn von hinten zu skizzieren, den gekrümmten Rücken im Wollpullover, die gesammelte, konzentrierte Haltung. Sie hört dieselbe Musik wie er und wandert dabei mit dem Bleistift an seinem Körper entlang. Er hört viel mehr als sie, jeden Schritt des Basses, jede Synkope, jede Begegnung mit Conga und Klavier. Er versucht den Swing der kubanischen Musik zu ergründen, er spielt im Kopf, bewegt dabei den Körper nicht, was Nora selten gelingt.

Sie sitzen in seinem kleinen Zimmer. Lange kennt sie ihn noch nicht. Ebenso wenig wie dieses kompakte Spiel von Trommeln, Klavier, Bass und Bläsern, das sich tief in ihr verwurzeln wird.

In Paris erleben sie ihr erstes großes Salsakonzert. In einem überdachten Stadion erscheinen auf der Bühne zwei Größen der afrokubanischen Musik mit ihrem Orchester. Auf den voll besetzten Rängen wimmelt es von Afrikanern und Latinos, sie stehen die meiste Zeit. Um Camilo und Nora herum wird gejubelt wie in einem Sportstadion. Nora hat noch nie ein großes Fußballspiel erlebt und auch noch nie ein solches Konzert. Auf der Bühne, fern und winzig klein, die Kubanerin Celia Cruz. Aber sie ist hier die Größte, ihre Stimme, ihr Gesang von unglaublicher, elektrisierender Kraft. Neben ihr leuchtet das weiße Haar von Tito Puente, der an den Timbales die Stöcke sprechen lässt, hinter sich in einer langen Reihe die Bläser.

Camilo ist für das Wochenende aus Heidelberg nach Paris gekommen. In der Metro sind sie aufgekratzt vor Freude auf das Konzert, auf der Rückfahrt vor Freude auf sich selbst. Nora wohnt in einem der vornehmen Pariser Stadthäuser in einem winzigen Dienstbotenzimmer unterm Dach, in das nur ein Bett und ein Tisch passen. Der klapprige Fahrstuhl an der Rückwand des Hauses befördert sie wie einst das Personal in den neunten Stock hinauf. Aber der neunte ist an diesem Abend eine Ebene ohne Zahl, ein ferner Planet. Ins schmale Bett passen sie zusammen nur in Seitenlage oder übereinander oder in irgendwelchen anderen Kombinationen. Sie lachen, sie lieben sich, trinken kubanischen Rum und lieben sich immer mehr und können diese Liebe gar nicht fassen, und die Nacht ist endlos und die schönste, die es je gegeben hat.

Nora steht auf, geht in ihr Zimmer und breitet auf dem Bett die Sachen aus, die sie ans Meer mitnehmen will. In die Reisetasche, die sie sich von Susana geliehen hat, legt sie zuunterst einen Pullover, an der Küste kühlt es abends ab. Auf den Pullover den aufgerollten Badeanzug mit der Plastikurne. Der Bus geht früh am nächsten Morgen, Luca wird sie vor der Arbeit zum Busbahnhof bringen.

# 20
# Reise ans Meer

Buenos Aires liegt hinter ihnen, seit einer halben Stunde rollen sie nur an Weiden, Weiden, Weiden entlang. Grünes Gras und Rinderherden bis zum Horizont. Ab und zu eine große Werbetafel, die ein paar Glückspilzen unter den Tieren ein langsam wanderndes Schattenquadrat bietet. In den Fernsehgeräten über den Köpfen der Passagiere läuft ein stummer Film. Verfolgungsjagden und Schusswechsel. Den Soundtrack kann man sich über Kopfhörer ins Ohr holen wie im Flugzeug. Nora schaut lieber aus dem Fenster und hört ihre eigene Musik. Der übliche Snack ist verteilt, eine Tüte mit Knabberzeug und ein süßer Doppelkeks. Aus Langeweile hat sie beides gegessen. Sie sitzt auf einem Einzelplatz am Fenster. Die argentinischen Reisebusse sind für lange Fahrten ausgestattet, geräumig und bequem. Und immer zu stark gekühlt. Daher haben sich die meisten Passagiere eine Jacke übergezogen oder sich in einen Schal gewickelt. Das alles kennt sie von ihren vielen früheren Fahrten. Camilo, von dem ein Bruchteil auf der Gepäckablage mitfährt, ist wieder so nah, dass sie die Musik lauter stellt und die Rinderweiden hinter einem feuchten Schleier verschwimmen. Im Magen kneift es. Hätte sie nur den pappsüßen Keks nicht gegessen. Augen schließen, ruhig atmen, dem Congasolo folgen, die Busfahrt, die Pampa, Villa Gesell, ganz Argentinien vergessen und im Kopf nur trommeln. Oder meinetwegen vor dem Fenster die Rinder zählen. Lesen ist unmöglich.

Sie saßen nebeneinander auf dem Sofa, als sie sich einen Ruck gab und das unmögliche Thema ansprach: Bestattung. Sie brauchte seine Hilfe, sie musste ihm einen Moment wehtun.

Aus irgendeinem Grund dachte sie an diesem Nachmittag, sie dürfe mit dem Thema nicht zu lange warten. Wenn Camilo nicht mehr da wäre, wüsste sie nicht, was er gewollt hätte. Was er vielleicht nicht gewagt hat zu sagen oder überhaupt zu denken.

Sie versucht vorsichtig und mit trockener Kehle herauszufinden, wie es vonstattengehen soll, das Bestatten. Sie fragt ihn, wie er sich das wünscht. Von Wunsch zu sprechen, kommt ihr schon im nächsten Moment fast wie eine Frechheit vor.

„Entscheide du", sagt er schnell.

Er will sich nichts anschauen, was seinen Tod zu einer fast schon greifbaren Tatsache macht. Sie hätte es sich denken können. Oder vielleicht ist ihm das Danach wirklich egal, er wird schließlich tot sein. Sie wartet.

„Mach es so, wie es dir am liebsten ist", sagt er, und diesmal klingt es, als würde er etwas Lästiges wegschieben. Es muss ihn Kraft gekostet haben.

„Ich weiß nicht, wie." Sie versucht, gefasst zu klingen, „Es würde mir helfen, wenn du etwas dazu sagst."

Aber es kommt nichts. Ein verschlossener Blick. Schweigen. Die Stille erstickt sie, sie will weglaufen, sie will bei ihm sein, sie will ihm alles abnehmen, sie ist sehr allein.

Da fällt ihr Cecilia ein, seine Schwester, die vor Jahren an derselben Krankheit gestorben ist wie er. Noch gibt sie nicht auf. Cecilia wurde eingeäschert, Nora schlägt vor:

„Wie bei Cecilia, wäre das vielleicht das Richtige?" Und dann hat sie eine Idee: „Ich könnte einen Teil der Asche nach Argentinien bringen, in dein Land."

Oder hat sie „in deine Heimat" gesagt? Sie hat jedenfalls nicht damit gerechnet, dass so schnell eine klare Antwort kommt.

„Ja", sagt er und seufzt tief, und dann fließen die Tränen. Sie hat ihn nur selten weinen sehen in all den Monaten seit der Diagnose. Jetzt weint er. „Ja, das wäre schön", sagt er noch einmal, und für Nora klingt es, als wäre er plötzlich von etwas erlöst, als sähe er eine Hoffnung aufleuchten. So wird sie es machen, genauso, sie braucht sich nicht mehr den Kopf zu zerbrechen. Dass das Geplante in Deutschland nicht erlaubt ist, kommt ihr gar nicht in den Sinn. Warum auch. Sie musste sich nie Gedanken darüber machen.

Eine Zeitlang sitzen sie schweigend zusammen auf dem Sofa. Nora hat die Arme um ihn gelegt. Dann geht sie in die Küche, setzt Wasser auf und holt Kuchen aus dem Kühlschrank.

Wenn seine Asche ins Meer rieselt, wird sie dann an Alfonsina Storni denken? An die argentinische Dichterin, die ins Meer ging, um zu sterben? Es gibt ein wunderschönes Lied über ihren Tod, *Alfonsina y el mar*, Mercedes Sosa hat es gesungen. Ein großes Lied. Nora konnte es noch nie hören, ohne zu weinen.

# 21
# Villa Gesell

Sie hat kurz geschlafen. Als der Reisebus nach stundenlanger Geradeausfahrt in den Kreisel eingebogen ist, der wenige hundert Meter vor der Dorfeinfahrt liegt, ist sie aufgewacht. Sie sind fast am Ziel. Ihr Herz schlägt schneller.

Der Bus rollt in den Busbahnhof, hält an der Rampe, Nora sieht Daniel, Camilos Neffen, und dessen Vater Carlos im Schatten des weißen Gebäudes stehen, beide fast gleich groß, dunkles Haar. Ihre suchenden Blicke wandern an der Fensterreihe des Reisebusses entlang. Sie steht auf, zieht ihre Tasche aus dem Gepäckfach und folgt den übrigen Fahrgästen zum Ausgang. Als sie die Stufen hinuntersteigt, aus dem kühlen Bus in die Mittagshitze, kommen die beiden Männer auf sie zu. Feste Umarmungen, einer nimmt ihr die Tasche ab, Carlos fragt, wie die Reise war, die fünf Stunden Fahrt von Buenos Aires bis ins Dorf.

Wieder stimmt das Ganze nicht, es ist nur ein Theaterstück, nicht mal ein sehr raffiniertes, zu viel Wiederholung, dürftige Imitation. Die Wiedersehensfreude ist nur eine halbe Freude, weniger, ein Bruchteil, etwas Fremdes. Die Sandwege, über die Carlos den Jeep steuert, vorbei an niedrigen Häusern mit gemähten Vorgärten und an Scharen von Pinien, versprechen keine Tage des Faulenzens, des Erzählens und Diskutierens, der Stunden am Strand, keine abendlichen Kartenspiele mit Gelächter und Alkohol. Die Runde ist drastisch geschrumpft, beinahe halbiert, Cecilia ist schon sieben Jahre tot, jetzt fehlt auch noch Camilo. Carlos wohnt inzwischen die meiste Zeit bei seiner Freundin, erfährt Nora. Daniel kommt nur zwei-, dreimal im Jahr und im Sommerurlaub hierher, er arbeitet in Buenos Aires.

Carlos parkt den Jeep vor der Garage und sie steigen hintereinander die Steintreppe hoch, laufen durch den Garten hangaufwärts bis zu dem kleinen, dunklen Haus mit den schönen hölzernen Fensterrahmen. Kein Bellen, auch der Hund lebt nicht mehr. Drinnen stellt Nora ihre Tasche an die Treppe, neben das gedrechselte Geländer. Soll sie heulen oder ein Bier trinken? Ein Bier. Dann ist er diesmal eben verdammt nochmal nicht dabei! Bier mochte er sowieso nicht. Sie hat Durst und wird jetzt nach der langen Busfahrt dieses kühle, leicht wässrige *Quilmes* genießen, was sonst. Es ist warm, nicht heiß wie in Buenos Aires, oder doch, heiß ist es auch hier im Dorf, aber nicht stickig. Man spürt die Nähe des Meeres, das Nora bis jetzt noch nicht gesehen hat, den Wind, der von der Küste durchs Dorf weht.

Daniel holt Teller, Messer und Mayonnaise, Carlos stellt Käse, Schinken, Tomaten und die weichen Brötchen auf den Tisch. Es ist wie immer, grauenhaft, aber völlig in Ordnung. Diese Mayonnaise-Brötchen, die sie zu Hause nie isst, hier schmecken sie. Der Fernseher wird eingeschaltet, und als sie mit dem Imbiss fast fertig sind und noch kein Wort über Camilo gesprochen haben, beginnt tatsächlich ein Fußballspiel.

Carlos gießt Nora Bier nach. Wenn die Männer sich mit Fußball betäuben, wird sie es mit Bier tun, bei ihr wirkt auch wässriges Bier. Die beiden Männer können nicht gut reden, das konnten sie noch nie. Jetzt, wo Camilo fehlt und sein Fehlen auch an den Tod seiner Schwester erinnert, können sie es erst recht nicht. Zu viel Tod verschließt den Mund.

Früher hat Camilo zwischen der deutschen und der argentinischen Welt vermittelt. Jetzt ist er selbst das Problem. Und der Grund für Noras Hiersein, was er ja auch als Lebender war. Camilo hat sich Mühe gegeben, die Gespräche mit seinem Schwager in Gang zu halten, seit seine Schwester nicht mehr lebt. Carlos ist ein schweigsamer

Mann, Nora schätzt seine ruhige, freundliche Art. Aber es gibt immer viele stumme Momente. Die Männer haben sich meistens von Scherz zu Scherz gehangelt, auch ein bisschen über Politik gestritten, haben deutsche mit argentinischen Preisen und andere Alltäglichkeiten verglichen und irgendwann über das Fußballgeschehen im Kleinen und im Großen debattiert, als gäbe es auf der Welt nichts Wichtigeres. Fußballspiele, -helden, -vereine, darauf scheint die Nation zu ruhen. Der Durchschnittsargentinier ist mit seinem Lieblingsverein verwachsen, der Verein Teil seiner Identität, dieses Gesetz gilt in allen Gesellschaftsschichten. Nie hat Nora so ausgiebiges Fachsimpeln und Streiten rund um diesen Sport, diesen elementaren Daseinsbestandteil erlebt wie in der Familie ihrer Schwägerin, und nirgends eine so glühende Fußballleidenschaft wie in diesem Land. Der ungeheure Stellenwert des Fußballs im argentinischen Leben fasziniert sie, erstaunt sie und stößt sie ab. Ein Wahn, denkt sie, Opium, ein ganzes Land ist, mit wenigen Ausnahmen, verrückt danach. In Camilos Familie spielen sich keine Fußballdramen ab, aber Nora hat Tränen schimmern sehen und Camilos abgrundtiefe Enttäuschung bei WM-Niederlagen erlebt. Wenn sein Land in der Ferne in Depression versank, blieb er nicht immun.

In Argentinien, hat Daniel Nora erzählt, komme es gar nicht so selten vor, dass die Angehörigen eines besonders fußballfanatischen Toten seine Asche im Stadion seines Lieblingsvereins verteilten, auf dem Rasenstück hinter dem Tor. Niemand verbiete es.

Sie lässt die Männer vor dem Bildschirm fiebern, aufschrecken, erstarren, hört sie grunzen, fluchen, schreien, jubeln und geht mit ihrer Tasche die Treppe hinauf in das Zimmer, das Camilo und sie immer bewohnt haben und in dem jetzt ein Einzelbett unter der Dachschräge steht. Und eine große Leere wie ein unbeweglicher Riese. Hier schläft niemand mehr.

Sie bekommt Angst. Vor der Leblosigkeit, die das Haus bewohnt, vor der zweiten Bestattung, die vor ihr liegt. Sie geht ans Fenster, klappt die beiden von Camilo gebauten Holzrahmen mit dem eingespannten Fliegengitter auf, öffnet die Fensterflügel, drückt die Läden auf. Über den Bäumen ist der Himmel tiefblau, sie hört das Meer. Sie schaut nach rechts zu dem gekrümmten Baum, auf dem immer die Wellensittiche saßen. Keiner ist zu sehen, hoffentlich kommen sie noch. Drei Nächte wird sie hier schlafen und nach erfülltem Versprechen wieder nach Buenos Aires flüchten.

Sie setzt sich aufs Bett, schade, dass sie nicht müde ist und den Rest des Tages verschlafen kann. Sie schiebt ihre Tasche unter den Stuhl, zum Auspacken hat sie keine Lust, es ist auch gar nicht nötig. Nur die Geschenke und die Weihnachtsplätzchen legt sie aufs Bett, die letzten beiden Dosen. Lautes Geschrei aus dem Erdgeschoss: „Goooool, gol gol goooool." Die beiden Männerstimmen verbinden sich mit der Reporterstimme zu einer schrillen, unsauberen Melodie. Nora zieht sich aus und geht in das kleine Badezimmer, um zu duschen.

# 22
# Hunde

Das wirre Netz aus Sandwegen ist das Reich der Hunde. Sie liegen an den schmalen Böschungen unterhalb der Vorgärten, auf den verwischten Sandwegen, mitten auf einer Kreuzung, unberechenbar wie Erinnerungen. Sie dösen, die Augen halb geöffnet, heben den Kopf in Noras Richtung, mustern sie. Die vielen herrenlose Hunde von Villa Gesell. Nora wundert sich, einige schon so früh am Morgen zu sehen. Sie ist bei Tagesanbruch aufgewacht, konnte nicht mehr schlafen, hat sich einen Tee gemacht und den Männern einen Zettel auf den Esszimmertisch gelegt: *Voy al mar. Ich gehe zum Meer.*

Die Hunde sind aus dem Dorf nicht wegzudenken. Vielleicht wird einer auf sie zulaufen, ihr folgen. Ihre Furcht wird hochschnellen. Die Bestie könnte plötzlich bellen oder knurren und ihre Angst zur Todesangst steigern. Ihre Fantasie traut diesen verwilderten Streunern alles zu, womöglich bewachen sie nicht nur ihr Territorium, sondern sind verrückt vor Hunger und Verwahrlosung, haben schon zu viele Fußtritte und Steinwürfe einstecken müssen und sind zu allem bereit.

Wenn sie früher allein durchs Dorf gelaufen ist, ist sie immer mit zugeschnürter Kehle an diesen übriggebliebenen, in den Tag hineinlebenden und -liegenden Hunden vorbeigeschlichen. Mischlinge aller Art und Farbe, große und kleine, die ortsansässigen Wegelagerer. Während Nora eine Fremde ist, genau wie die argentinischen Sommergäste.

Was sie den Hunden übelnimmt, ist ihr scharfes Gespür, vor dem sich, wie man sagt, Angst nicht verbergen lässt, Angst stachelt sie angeblich sogar noch auf. Nora versucht, ihre Angst zu überspielen, gibt sich entspannt und desinteressiert, aber Hunde lassen sich von einer so durchsichtigen Tarnung nicht täuschen. Sie hasst es, so wehrlos an ihnen vorbeischleichen zu müssen. Aber ihnen gehört das Dorf, also grüßt sie sie freundlich, stumm. Hallo, da bin ich wieder, diesmal ohne ihn, ihn werdet ihr nie mehr wittern. Ausgerechnet ihn, der Hunde mochte, der selbst mal einen hatte, von dem er mehr erzählte als von Vater, Mutter, Schwester.

Nach einer Viertelstunde erreicht sie die asphaltierte Hauptstraße. Sie überquert die Fahrbahn, folgt dem Sandweg weiter bis zur Düne, auf der sich die Kette der Strandbars entlangzieht. Oben angekommen sieht sie endlich das Meer. Die Weite verschlägt ihr kurz die Gedanken. Heute Morgen ist der Atlantik ruhig.

Nach den ersten Jahren im Dorf genügte es Camilos Familie, zu wissen, dass das Meer nur ein paar Minuten entfernt liegt, sie gingen kaum mehr hin, Vater und Sohn gelegentlich zum Angeln, Cecilia war nur selten am Strand, sie badete nicht gern und mied Menschengruppen. Nora hat diese Gleichgültigkeit nie verstanden. Kann man das Meer lieben und es dennoch so achselzuckend hinnehmen?

Heute Morgen versteht sie die Gleichgültigen. Das Meer überwältigt sie kurz und wird im nächsten Moment fast schon zur Selbstverständlichkeit. Es hat nichts zu bieten außer Weite und Rhythmus. Den Wechsel der Farben. Die salzige Luft. Oft ist das alles, was Nora vom Leben erwartet. Heute aber scheint es ihr, als gaukle das Meer ihr Schönheit, Lebendigkeit, Unendlichkeit nur vor. Es ist Wasser. Kaltes, salziges, rücksichtsloses Wasser. Nora nimmt diesem Meer heute übel, was geschehen ist. Warum nicht, dem Meer ist es egal, es lauscht nur sich selbst, sogar Wolken und Mond sind freundlichere Zuhörer. Dem Meer ist auch egal, was sie vorhat, ihm morgen zu bringen. Heute ist Noras Meeresliebe nicht aufzufinden. Wie konnte es so weit kommen?

Die Luft ist noch kühl, ein paar Jogger und Spaziergänger laufen am Wasser entlang, die meisten Feriengäste schlafen noch. Wie immer geht ein Wind, am Atlantik legt er sich nie. Nora löst ihre Sandalen von den Füßen, taucht in den Sand ein. Sie sieht Camilo in seiner blauen Badehose am Wasser stehen, an einem menschenleeren Strand weit draußen vor dem Dorf. Sein Neffe neben ihm ist noch ein Kind, ein ausgelassener Junge. Camilo muss ihn zu Ruhe und Geduld anhalten, sie wollen ja etwas fangen, da stört das Gezappel nur. Nora bleibt eine Weile bei den Anglern, dann läuft sie am Meeressaum entlang, den Blick zu Boden gerichtet, auf der Suche nach hübschen Muscheln und Steinen mit kleinen Löchern wie Augen. Im Nacken die Sonne, die der Wind erträglich macht.

Die an den Haken hängenden Fische will sie nicht sehen, das Zertrümmern ihrer Schädel erst recht nicht. Aber dass Camilo, Carlos und der Junge das Angeln lieben, stört sie nicht, sie sieht sie gern am Wasser stehen, schweigen und aufs Meer hinausschauen, gelegentlich fachsimpeln oder aufgeregt an der Kurbel drehen. Von Zeit zu Zeit wendet sie sich um, beobachtet die drei Gestalten, plötzlich kommt Leben in sie, einer schleudert einen Fisch hoch in die Luft. Aus der Ferne ein schönes Bild, kein Leid. Dahinter die grenzenlose Weite, Meer, Sand, Dünen, der tiefe Himmel, so tief wie nirgendwo sonst. Weil die drei dort stehen, fühlt sie sich aufgehoben an diesem leeren Strand, der sich bis ans Ende des Planeten zu erstrecken scheint.

Es ist früh. Viele Urlauber aus Buenos Aires oder Mar del Plata sind schon abgereist, der Februar geht zu Ende. Nora wandert bis zur Mole. In einigem Abstand von den Pfeilern erhebt sich mitten im Sand ein hoher Betonpfosten, im unteren Teil mit einer Tafel versehen. Sie liest: *Pancho, treuer Hund, wir werden dich nie vergessen, Anglerclub Villa Gesell.* Es muss der Hund sein, von dem Camilo ihr mal erzählt hat, der sich einige Jahre lang jeden Tag an der Mole aufgehalten und bei Wind und Wetter aufs Meer geschaut hat. Sein Besitzer, der regelmäßig am Ende des Stegs geangelt hatte, war eines Tages von dort oben ins wilde

Meerwasser gestürzt und ertrunken. Angeblich war er allein, man weiß nicht, ob er unglücklich gefallen oder absichtlich gesprungen ist. Seit diesem Tag, so erzählen die Pächter des Strandlokals, habe sein Hund Pancho am Strand auf ihn gewartet, nicht Wochen, sondern Jahre. Kein einziger Versuch von Dorfbewohnern, ihn zu adoptieren, sei geglückt, immer wieder sei Pancho zur Mole zurückgelaufen, habe sich in den Sand gesetzt und aufs Meer geschaut. Und da er sich von jedem streicheln ließ, sagen die Leute vom Strandlokal, sei er zum Liebling der Angler und Urlauber geworden. Nach seinem Tod hat der Anglerverein ihm ein Grab im Sand geschenkt.

Drei Gestalten stehen am Ende des Betonstegs, der weit ins Meer ragt. Camilo und Daniel haben dort viele Stunden verbracht, während Nora zu Hause mit Cecilia die interessantesten Gespräche führte, die sie in all den Jahren in Argentinien geführt hat. Oder allein am Strand lag, ein Buch las, Sand durch die Finger rieseln ließ und auf die beiden Angler wartete.

Hier, neben dem Steg, wird sie die Asche dem Meer übergeben.

# 23
## Sterben

Ich muss lernen, zu sterben, hat er eines Tages gesagt, ohne Nora anzuschauen. Er war sehr matt, er wusste, wie schlecht es um ihn steht. Noch war er nicht bettlägerig, noch gingen sie zu kleinen Spaziergängen an die frische Luft, fuhren mit dem Auto an Neckar oder Rhein. Die medizinischen Möglichkeiten waren ausgeschöpft, oder fast, irgendetwas konnte man immer noch versuchen. Nora legte sich jeden Tag ihre Hoffnung zurecht.

Aber wer bringt einem das Sterben bei? Selbst wenn man an Gott und Himmel glaubt, erst einmal muss man sterben. Er hat den Satz in den Raum hineingesprochen, auf dem Sofa sitzend, auf dem er seit dem Ausbruch seiner Krankheit die meisten Stunden des Tages, manchmal auch der Nacht, verbrachte. Nora saß am Esstisch. Ihr war mulmig zumute, weil Camilo den Tod buchstäblich ins Zimmer gelassen hatte.

Der Satz hing in der Luft, Nora wusste nichts darauf zu sagen. Sie hatte Bücher besorgt, die beim Umgang mit der Krankheit helfen sollten, die sogar Hoffnungen weckten, sie hatte sich in die Texte vertieft. Sie hatte ihm Passagen empfohlen oder vorgelesen. Aber viel wollte er nicht hören. Philosophisches, Spirituelles war nichts für ihn. Auch die Besuche bei seinem Psychotherapeuten hatte er inzwischen eingestellt.

Nora wünschte sich manchmal, die Bedrohung werde ihn verändern, er werde sich anderen Weisheiten öffnen. Aber warum sollte der lauernde Tod ihn mit neuen Eigenschaften versehen? Unter Schock schwenkt man um, dachte Nora. Sie denkt es immer noch, weil sie nie erlebt hat, wie es ist, das Ende so dicht vor Augen zu haben, so schwarz und blendend, dass man die Augen nicht offenlassen kann.

Camilo lebte jetzt in größter Todesgefahr. Und der Mut der Verzweiflung hat Grenzen. Er glaubte weder an alternative noch an spirituelle Heilung. Dafür war er auch im letzten Moment nicht zu haben. Vermutlich ist man im Angesicht des Sterbens erst recht der, der man schon immer war.

Zum ersten Mal begleitet Nora einen Sterbenden. Begleiten, sagt man, aber im Grunde ist es das falsche Wort. Sie bleibt bei ihm, bis sie Abschied nehmen muss, doch bevor der Tod eintritt, wird sie ihn am Leben halten und gut für ihn sorgen. Sie will ihn nicht begleiten, sie will nicht, dass er jemals stirbt, sie will ihm Schmerzen und Qualen und Ängste erleichtern und alles mit ihm teilen, was gar nicht zu teilen ist, aber mit ihm ins Sterben und in den Tod gehen, will sie nicht. Sie will den Tod nicht sehen und kann ihn gar nicht sehen. Sie ist todesblind wie jeder Lebende. Ahnungslos wie Camilo steht sie davor, ohne das geringste Wissen, wie der Bruch, das Verschwinden und das Danach sein werden.

Auf dem Sofa sagt er auch, an diesem oder einem anderen Tag: „Ich werde immer hier sein."

Am Abend sitzen Daniel, Carlos und Nora auf der Terrasse hinter dem Haus. Carlos hat auf dem großen Grill Rindersteaks gebraten, was er schon immer gern getan hat, besonders für Besucher. Daniel und Nora haben Salate zubereitet. Die Gläser sind gefüllt, die Luft könnte nicht angenehmer sein, die Männer wirken jetzt gelassen. Auch Nora ist nicht mehr so angespannt wie am ersten Tag.

Vater und Sohn erkundigen sich nach ihrer Familie, nach ihrer Arbeit, nach den Freunden, die sie in Heidelberg kennengelernt haben, schließlich fällt auch ein kleiner Scherz, der von Camilo stammt. Nora freut sich, dass Camilo jetzt endlich mal wortwörtlich bei ihnen ist. Carlos und Nora trinken Bier, Daniel trinkt Cola, als wäre er immer noch der kleine Junge der Familie. Der, den Camilo sehr geliebt hat. Nora streckt die nackten Beine aus und möchte die milde Wärme genießen und nicht immerzu an ihn denken. Wann soll sie die Asche erwähnen? Sie würde Daniel gern mitnehmen zum Strand, ihn dabeihaben, wenn sie sie verstreut. Er wird Ja sagen, daran glaubt sie fest. Was er denkt, wird sie nicht erfahren. Daniel ist immer höflich, immer hilfsbereit, lächelnd, aber verschlossen. Sie sieht den Knirps und den Teenager vor sich, mit dem Camilo den Hund neckte und am Computer Fußball spielte. Und den Mann Anfang dreißig, der vor zwei Jahren nach Heidelberg gekommen ist, um bei Camilo zu sein und drei Wochen voller Sprachlosigkeit mit ihm zu verbringen.

Sie wüsste gern, wie er sich fühlt. Schon wieder ein Verlust. In seiner Wohnung in Buenos Aires stehen viele gerahmte Fotos von seiner Mutter. Cecilia ist dort fast die einzige Dekoration, aufgereiht auf einer Kommode: Cecilia als junge Mutter mit langen Haaren, den kleinen Daniel auf dem Arm, Cecilia als Studentin, als Rucksackreisende, die ältere Cecilia mit den markanten Zügen und der herben, verschlossenen Miene. Einmal nur ist auch Daniels Vater dabei. Carlos sitzt hier am Tisch, auf seiner Terrasse im kleinen Küstenort, und denkt vielleicht gerade an seine Freundin, zu der er später noch fahren wird. Dann könnte Nora Daniel ihre Frage stellen.

Aber an diesem Abend tut sie es dann doch nicht mehr, sie ist zu müde und wagt es noch nicht. Sie sagt auch nicht: „Ihr seid beide Mediziner, erklärt mir, woran man am Ende dieser Krankheit stirbt. Was kapituliert als Erstes? Niere, Lunge, Leber? Warum wuchert es überhaupt so falsch im Körper und hört nicht mehr auf? Warum?"

So hätte sie die beiden Ärzte hier am Tisch fragen können. Aber Cecilia wäre die Erste gewesen, die es ihr verboten hätte aus ihrem

Grab. Cecilia hat hier immer Machtworte gesprochen. Und weil keiner sie stören oder ihren Unmut wecken will, hat Nora keinen Ton gesagt. Und sie weiß, dass es Camilo recht ist.

# 24
# Cecilia

Ein Novembertag in einem Vorort von Buenos Aires, dessen Namen Nora vergessen hat. Hitze, blendende Helligkeit. Vor zwei Tagen ist in Heidelberg die Nachricht eingetroffen, dass Cecilia gestorben ist. Mit zweiundfünfzig Jahren. Camilo hatte sie noch im September besucht, obwohl seine Schwester das nicht wollte, sie hatte zu große Angst vor dem unerträglichen Abschied. Nora hatte Camilo geraten, trotzdem zu fliegen, er sollte später nichts bereuen müssen.

Als die Todesnachricht kam, buchten Camilo und Nora für den nächsten Tag einen Flug, mehr als einen Tag Aufschub hätte man in Argentinien für die Einäscherung nicht gewährt. Am Flughafen wurden sie von Carlos und Daniel abgeholt. Die Falten in Carlos' Gesicht waren seit der letzten Begegnung tiefer, eine Landschaft mit schroffen Einschnitten hatte sich geformt. Es war heiß. Am Flughafen haben sie etwas getrunken. Stockende Unterhaltung, keine Tränen. Dann fuhren sie geradewegs zum Krematorium.

In einem kahlen Raum liegt Cecilia mit aufgedunsenem, fahlem Gesicht. Warum haben sie sie so lieblos präpariert?, denkt Nora angesichts der wächsernen, fremden Züge. Nora ist froh, dass Camilo seine tote Schwester nicht sehen will. Sie selbst ist Carlos gefolgt und hat einen Blick gewagt. Es war keine gute Entscheidung.

Anschließend sitzen sie auf dem Platz vor dem Krematorium auf einer schattigen Bank und warten auf das Ende des Verbrennungsprozesses. Nora versucht, sich nichts vorzustellen, nicht an Flammen, Brennen, Schrumpfen und Verkohlen zu denken. Für sie geschieht in diesem weißen, schmucklosen Flachbau eine geisterhafte Verwandlung, ein Übergang von Körper zu Asche, wie mit dem Zauberstab herbeigeführt.

Carlos wird ins Gebäude gebeten und kommt mit einem Behälter in den Händen wieder heraus. Camilo und Nora stellen das Objekt zwischen sich auf den Rücksitz des Wagens. Die Novembersonne strahlt, im Wageninneren Stille. Nur gelegentlich machen die Männer auf den Vordersitzen eine Bemerkung zum Verkehr, sprechen über die Route zum Friedhof.

Im *Jardín de Paz*, dem *Friedensgarten*, wird die winzige Trauergemeinde von einem Angestellten gebeten, in einem Wägelchen Platz zu nehmen. Nora erinnert das leise summende Gefährt an einen Golfwagen, dazu passt auch der weitläufige, sauber gestutzte Rasen ringsum. Wie Golfspieler oder Touristen werden sie durch die Anlage gefahren, die mit den deutschen Friedhöfen, die Nora kennt, nichts gemein hat. Sanfte Hügel, grasgrün, Sträucher und Bäume im hellen Sonnenlicht. Das Wägelchen verlässt den Weg, sie rollen über den Rasen, und erst da fallen Nora die hier und dort im Gras liegenden beschrifteten Platten auf. Der Friedhofsangestellte hält an einem Loch, neben dem sich Erde auftürmt.

Als er die Urne in den Boden versenkt, stehen sie alle vier still daneben. Vater und Sohn nähern sich dem Grab. Dann wenden sie sich ab und Camilo tritt vor das Loch und schaut hinunter auf das, was er vor sich hat: die Grabplatte seiner Eltern, daneben die Urne seiner Schwester in der feuchten Erdkuhle. Er ist als Letzter übriggeblieben.

Camilos Melancholie wird sich verstärken, er wird schneller Antrieb und Mut verlieren, sich häufiger Fantasien von einem anderen, schwerelosen Leben überlassen. Er ist leichter gereizt und sein Glaube, dass er selbst nicht alt werden wird, verfestigt sich. Wenn er sagt: „Bestimmt werde ich auch früh sterben", will Nora das auf keinen Fall hören. Sie glaubt nicht an Bestimmungen dieser Art, an die Verurteilung durch genetische Dispositionen. Sein Fatalismus sitzt in Regionen, die für sie unzugänglich sind. Für ihn wahrscheinlich auch.

Sie hört das ferne Meeresrauschen. Nichts stört mehr die nächtliche Ruhe, auch nicht das gelegentliche Bellen der Hunde. Die Wellensittiche, zurückgekehrt, schlafen in ihrem Baum. Kein Auto rollt mehr über den Sandweg an der Gartenmauer entlang, es ist, als habe das Meer den Tag verschlungen mit allem, was er besaß. Nur zwei, drei Hunde in der Nachbarschaft sind noch in lebhafter Unterhaltung. Sie bellen abwechselnd, einer wiederholt die gekläffte Melodie des anderen. Manchmal steigert sich die Intensität, dann gesellt sich der dritte dazu. Was sagen sie einander mit so wenigen Lauten? Was rufen sie sich immer wieder zu?

Nora steht auf, zieht die Reisetasche unter dem Stuhl hervor, greift nach dem Badeanzug, der die Dose umhüllt. Der Gedanke, sie herauszuholen und neben sich unter die Bettdecke zu legen, erschreckt sie. Sie schließt die Tasche wieder. Hilf mir, Camilo, denkt sie, und als sie im Bett liegt, steigen die Schluchzer auf. Sie weint ins Kissen, schaukelt ihren Körper hin und her. Draußen führen die Hunde noch immer ihr einsilbiges Nachtgespräch.

# 25
# Mar del Plata

Am nächsten Tag unternehmen Carlos und Daniel mit Nora einen Ausflug nach Mar del Plata zum Fischereihafen. Anschließend wollen sie in einem der Fischrestaurants essen gehen. Es ist ein Nieseltag, über dem Hafen liegt eine fest gewobene Wolkendecke, die den Farben ihre Kraft nimmt. Sie wandern an den gelben Fischerbooten mit ihrem Wirrwarr aus Stangen und Kisten vorbei, Nora hält im Hafenbecken Ausschau nach den Nasen der Seelöwen, die manchmal, daran erinnert sie sich, neben den Booten aus dem Wasser auftauchen. Möwen kreischen. Keine Nasen zu sehen.

Dann entdeckt sie am Ende des Hafenbeckens, auf einem Sandstreifen zwischen Zaun und Beckenmauer, eine große Seelöwengemeinde, viele Körper, dicht an dicht, wie hingegossen, unberührt von der Welt ringsum. Nora beneidet die wuchtigen Tiere, die träge und entspannt in einen Massenschlaf versunken scheinen, ohne Ziel, ohne Trauer.

Nah am Wasser recken jetzt einige Tiere ihre großen Köpfe in die Höhe. Plötzlich richten sich zwei Kolosse aus der Masse auf und pressen ihre schweren Leiber aneinander. Man hört laute, raue Rufe. Kämpfen da zwei männliche Rivalen oder vertreiben sie sich nur im Spiel die Langeweile? Mit vorgereckter Brust rempeln sie einander an wie großspurige Muskelprotze. Aber schon nach kurzer Zeit sinken sie zurück in den Sand und tauchen wieder in die unförmige Masse ein.

Stumm stehen die drei Besucher am Zaun und betrachten die braunen Leiber unter dem wolkenverhangenen Himmel. Seelöwen, Boote und Möwen bilden eine Einheit, in die im Morgengrauen, wenn die Fischerboote vom offenen Meer zurückkehren, Lärm und Unruhe geraten werden. Jetzt gleichen sie einem Stillleben.

Der Tag wird nicht mehr schöner. Der Nieselregen steigert sich zu dichtem Regen, so dass sie in eines der Restaurants am Hafeneingang flüchten. Viel ist nicht los, sie werden schnell bedient und essen jeder eine große Portion frisch gefangenen Fisch.

In der warmen, feuchten Luft laufen sie langsam zum Auto zurück, fahren zur Küstenstraße und am Meer entlang, das gleichmäßig gegen die großen Felsbrocken schlägt.

# 26
# Am Wasser

Nora und Daniel gehen die Sandwege entlang, hinterlassen ihre Fuß-
abdrücke auf den tiefen Reifenspuren. Mit Daniel an ihrer Seite hat
Nora keine Angst vor den Hunden. Sie reden über seine Arbeit als Orthopäde in der Notfallaufnahme einer Klinik in Buenos Aires. Die
meisten Knochenbrüche würden durch Motorradunfälle verursacht,
erzählt er. Und fast immer gäben die Verunglückten die Schuld den
anderen Verkehrsteilnehmern.

Sie kommen auf ihre Reise nach Córdoba zu sprechen, die sie
vor Jahren zu dritt mit Camilo unternommen haben. Als Nora den ge-
nialen Argentinier César Aira übersetzte und das Reale im Surrealen
erkundete. Ihr Verleger war fast noch begeisterter als sie, aber Aira,
schwer verkäuflich, ist ihr mit den Jahren im Literaturbetrieb verloren gegangen.

In Noras Handtasche liegt die weiße Dose. Dennoch tauschen
sie amüsante Anekdoten aus. Die von dem Brötchen mit den Ameisen,
die Camilo für Mohn gehalten hat. Schön, dass es endlich auch in Argentinien diese typisch deutschen Brötchen gibt, hat er gedacht und
hineingebissen und sein Mund hat wie Pfeffer gebrannt. Oder die Geschichte von Daniels Hund Baco, der am leeren Strand zum einzigen
Liegestuhl weit und breit gelaufen ist, um das Bein zu heben. Sie erinnern sich wieder an die ersten gemeinsamen Sommerferien, da lebte
Camilos Mutter noch, Daniel war fünf. Seine eigene Mutter erwähnen
sie nicht, sie schonen Cecilia selbst nach ihrem Tod. Cecilia hat unter
sich selbst am meisten gelitten.

An der Hauptstraße angekommen beschließen sie, auf dem
Rückweg im Pasta-Laden hausgemachte Ravioli fürs Abendessen zu

kaufen. Kurz darauf erreichen sie die Düne und den Holzsteg. Erst jetzt tun sie nicht mehr so, als sei nichts Besonderes an diesem Spaziergang. Neben einem Strandlokal steigen sie die Stufen hinunter und laufen schweigend durch den Sand auf die Mole zu. Am Ende des langgestreckten Betonplateaus stehen wie immer die Angler. Daniel hat Nora erzählt, einmal habe dort jemand mit dem *mediomundo*, dem Krabbenfangnetz, eine Urne geangelt, sich erschrocken und sie schnell wieder ins Wasser geworfen.

Das Meer stürmt gegen die rostigen Pfeiler an. Mit den Jahren hat es dem Eisen den Betonmantel vom Leib gespült, so dass die Pfeiler jetzt fast nackt im Wasser stehen. Auf dem Weg zum Strand beruhigt es sich, streicht langsam über den feuchten Sand und zieht sich wieder zurück, als schrumpfe jedes Mal der Ozean. Heute wird er Spuren von Camilo mitnehmen. Bis an welche Gestade?

Nora greift in ihre Tasche und holt die weiße Dose heraus. Vom Meer her weht ihr ein kühler Wind ins Gesicht. Sie denkt nur noch in ganz kurzen Gedanken, dann gar nichts mehr, vor ihren Augen schaukelt das Wasser. Die Angler draußen, am Ende der Mole, sehen sie nicht. Daniel, der in einiger Entfernung stehen geblieben ist, schaut ihr vermutlich zu. Nora setzt die Füße ins seichte Wasser. Sie schraubt den Plastikdeckel auf. Camilo, sagt sie in das Meeresrauschen, du kommst nach Hause. Gute Reise! Die Asche fällt, weht auf, so leicht, und im selben Moment löst sich etwas Schweres von Nora. Ein wenig Asche weht auf sie zu und wird sich auf den Strand legen. Den Rest trägt das Wasser fort, fast ist er schon verschwunden. Es könnte eine Sandspur sein, eine Staubwolke.

Als Nora sich umdreht, steht Daniel noch an derselben Stelle, das Gesicht abgewandt. Jetzt steigen bei ihr die Tränen auf. Sie schweigen und gehen schnell, für Nora ein bisschen zu schnell, sie kann mit Daniel kaum Schritt halten. Er hat sein Handy aus der Tasche gezogen, liest Nachrichten oder anderes, hebt lange Zeit nicht den Kopf. Erst als sie über die Düne gestiegen sind und Richtung Pasta-Laden laufen, sprechen sie wieder. Die Asche erwähnen sie nicht. Vom sonnenbeschienenen Asphalt heben sich scharf die Schatten der Häuser ab.

# 27
## Was ist echt?

Es dämmert. In Buenos Aires enden Sommertage früher als in Heidelberg. Erst acht Uhr und die Dunkelheit steht schon kurz bevor. Sie haben sich diesmal für den Abend verabredet. Nora hat draußen, vor demselben Lokal wie neulich, einen Tisch gewählt. Die Luft ist noch immer schwül. Im Baum über ihr glaubt sie Grillenzirpen zu hören, vielleicht eine Einbildung.

Sie merkt erst jetzt, dass sie sich freut, Alejandro wiederzusehen.

Die Straßen sind voller Menschen, es geht immer noch lebhaft zu auf den Bürgersteigen und auf der Plaza mit ihren Grünflächen, Bäumen und Bänken und der freien gepflasterten Mitte, wo sonntags die Kunsthandwerker ihre Stände aufbauen.

Alexander, denkt sie amüsiert, als er ihr gegenübersitzt. So nannte man ihn in der Familie. Offiziell heißt er Alejandro und hat sich auch beide Male am Telefon mit diesem Namen gemeldet. So ist er auch im Geburtsregister eingetragen, sein Bruder Henry wahrscheinlich als Enrique. Deutsche Namen wurden damals von den argentinischen Behörden gar nicht oder nur in der Übersetzung zugelassen. Jedes Kind sollte einen spanischen Namen bekommen. Aus Alexander wurde Alejandro, seine argentinischen Freunde nannten ihn Ale.

Sie bestellen eine Flasche Rotwein. Manchmal komme es ihr immer noch vor, als sei Camilo nur auf einer langen Reise und werde bald zurückkehren, sagt Nora. Zu Hause sage sie sich manchmal: Es wird Zeit, dass er wiederkommt, er ist diesmal sehr lange in Argentinien, bald wird er wieder zu Hause sein, wie immer. Sie habe seit seinem Tod ihr Zeitgefühl verloren. Überhaupt sei die Realität für sie eine fragliche Sache geworden. Wo ist er? Wo ist sie? Ist sie wirklich in der Welt? Aber auch schon in jungen Jahren habe sie manchmal das intensive Gefühl gehabt, in einem Traum zu stecken. Das ganze Leben ein Traum. Was sie in solchen Momenten umgab, hatte die Farben eines Traums, war womöglich keine Wirklichkeit.

„Was ist echt?" Sie schaut zu einer Passantin hinüber, die einen großen weißen Hund an der Leine führt. „In welcher Dimension halten wir uns gerade auf?"

„Plaza Belgrano", sagt Alejandro schmunzelnd. „Du bist in Buenos Aires, wir trinken Wein und wenn es nicht so schwül wäre, wäre alles bestens."

Nora lacht. Na gut, sie wird versuchen, den Abend ein bisschen zu genießen. Auch wenn Camilo dauernd durchs Bild läuft.

Sie trinkt von ihrem Wein und holt ihre Zigaretten aus der Tasche. „Willst du eine?"

Er schüttelt den Kopf, hat vor langer Zeit mit dem Rauchen aufgehört. Er greift stattdessen in das Schälchen mit den Erdnüssen, das der Kellner ihnen zum Wein auf den Tisch gestellt hat.

Heute Abend, denkt sie, wird sie in ihrem Zimmer neben der Dachterrasse an Camilo schreiben wie jeden Abend, seit er tot ist. Seit er auf irgendeinem fernen Planeten sitzt oder in unzähligen Seelenpartikeln wer weiß wo durch die Welt schwebt. Dass es ihn gar nicht mehr geben soll, kann sie nicht gelten lassen. Ihr Arzt hat kürzlich zu ihr gesagt: „Wir Menschen können den Tod nicht begreifen, deshalb haben die Ägypter Pyramiden gebaut." Deshalb schreibt sie Camilo Briefe. Heute wird sie ihm schreiben: Was sagst du dazu, dass ich mich nochmal mit Henrys Bruder Alejandro getroffen habe? Hatte Henry auch diese nervöse Art, sich das Haar aus dem Gesicht zu schütteln? Übrigens scheint er eure *Porteño*-Besserwisserei mit den Jahren verloren zu haben. Aber besonders zufrieden sieht er nicht aus, seine Augen schwanken zwischen trübe und hell. Deine dunklen Augen vermisse ich so sehr, Camilito. Erinnerst du dich eigentlich noch an diesen Bruder? Schlecht sieht er nicht aus.

Nora will jetzt lieber nicht daran denken, dass ihr früher ab und zu auch andere Männer sehr gefallen haben. Und Camilo andere Frauen. Dass es für beide Zeiten gab, in denen sie es mit der Treue nicht geschafft haben. Am schlimmsten war dabei das Gefühl, dem anderen wehzutun. Danach kamen die Geständnisse, der Rückzug, Scham und Schmerz und die langsame, wortlose Versöhnung. Heute Abend wird sie Camilo auch schreiben: Kann sein, dass ich blöd war, sehr blöd sogar, aber vielleicht ging es nicht anders. Obwohl nur du mich wirklich glücklich machen konntest. Du weißt es. Deine Haut vermisse ich so sehr, Camilito.

Alejandro fragt, ob Nora in all den Jahren ein bisschen was von Argentinien gesehen hat. Neben Buenos Aires nicht viel. Sie erwähnt die literarische Erkundungsexpedition zu dritt nach Córdoba. Und erzählt von der Reise nach Bariloche in den Neunzigerjahren. Von den Ausflügen, der Bustour durch Chile. Von „Frau Priebke", der Hotelbesitzerin. Dass sie in Bariloche gleich mehrere Priebkes entdeckt hätten, aber so genau wisse sie es nicht mehr, vielleicht auch nur einen anderen. Sie hätten schließlich überall Priebkes vermutet.

Stimmt, sagt Alejandro, Priebke habe tatsächlich unter seinem richtigen Namen in Bariloche gelebt, so unglaublich das klinge. Ein SS-Massenmörder, der sich nicht einmal verstecken musste. Heute wisse man, dass die deutschen Behörden sich gar nicht die Mühe gemacht haben, nach ihm zu suchen. „Sie wussten wahrscheinlich sogar, wo er war, und wollten keine alten Nazigeschichten aufwühlen."

„Schön alles ruhen lassen", sagt Nora und hebt ihr Glas. Der Rotwein schmeckt lecker, Alejandro hat gut gewählt.

„Erich Priebke ist übrigens als Hundertjähriger in Rom gestorben", weiß Alejandro und greift ebenfalls nach seinem Glas. Einen

Moment lang versucht Nora, sich seinen Vater vorzustellen. Ein Mann mit Glatze wie ihrer? Wohl eher groß. Ein freundlicher Nazi oder einer mit hartem Mund und stechenden Augen? Militärischer Haarschnitt? Die langen Haare hat er seinen Söhnen offenbar durchgehen lassen.

Ihr eigener Vater war nicht unattraktiv, findet Nora, zumindest als jüngerer Mann. Er war klein. Während alle, denen sie von seiner tyrannischen Art erzählt hat, sich einen großen, breitschultrigen Mann vorgestellt haben. Camilo hat früher gescherzt, er wolle vor Noras Vater gern mal die Hacken zusammenschlagen und „Jawohl, Herr Oberstleutnant!" rufen. Es schwang nicht allzu viel Sarkasmus mit, die Theatralik der Szene war es, die ihn amüsierte.

Nora fragt sich ohnehin, ob Camilo bei allem Hass auf die argentinischen Militärs, die so viele Menschen seiner Generation gefoltert, getötet, ins Meer geworfen haben, die die Kinder der Verschwundenen untereinander aufgeteilt, sie regelrecht verscherbelt haben, ob er neben seinem Hass nicht auch eine Art Faszination für militärische Zackigkeit und Uniformen verspürt hat. Ausgerechnet er, der es nicht ertragen hat, sich zu beugen, mit körperlichem Drill gequält zu werden, Befehlen gehorchen zu müssen. Zu seinem Glück war er in Argentinien nach drei Tagen Kasernenleben wegen seiner schlechten Zähne vom Wehrdienst befreit worden. Später, in den wenigen Jahren, in denen er als Angestellter eines kleinen Musikverlags arbeitete, hat er es kaum ausgehalten, einem pedantischen Chef gehorchen zu müssen.

Sie ist ein bisschen beschwipst. Wie sie es mag. Weil sie sich dann leichter fühlt und einfallsreicher.

Alejandro, die Ellenbogen aufgestützt, starrt mit regloser Miene vor sich hin. Macht der Wein ihn ernst? Oder Priebke, sein Nazi-Vater, Henry?

Er habe gehofft, er könne von Camilo noch ein paar Dinge über ihn erfahren, sagt er unvermittelt.

Nora bedauert achselzuckend. Da sitzen sie nun beide mit ihren Toten, die ihnen nicht von der Seite weichen, aber die sie nichts mehr fragen können.

„Ich erinnere mich noch, wie Camilo vor seiner Abreise nach Deutschland bei uns zu Hause vorbeikam, um Sachen für Henry mitzunehmen", erzählt Alejandro und lässt sich im Stuhl zurückfallen, als habe eine Hand ihn hineingedrückt. „Meine Eltern gaben ihm natürlich Henrys Lieblingsgebäck mit, *Alfajores*, die kriegt man ja leider in Deutschland nicht. Und bestimmt auch Geld. Ich weiß noch, dass ich Camilo damals gefragt habe, was er selbst denn mitnehmen werde außer seinen Klamotten. Meine Gitarre, hat er gesagt, und Zigaretten, weil die in Europa teuer sind."

„Das war dann bei seinem endgültigen Auszug, nehme ich an."

„Ich habe Camilo damals so beneidet", sagt Alejandro. „Er wollte gehen und ist gegangen. Ich selbst habe den Absprung erst spät geschafft. Auf jeden Fall viel zu spät, um meinen Bruder nochmal zu sehen."

Seine Augen sind auf einen Punkt irgendwo zwischen den Erdnüssen und der Weinflasche gerichtet. Nora fällt wieder seine scharfe senkrechte Stirnfalte auf, eine Verlängerung seiner geraden Nase. Sie bläst ihren Zigarettenqualm in die Dunkelheit.

„So einfach war es für Camilo damals nicht", sagt sie. „Als er sich verabschiedet hat, kam es zum Bruch mit seinem Vater. Und in Heidelberg ist ihm schnell das Geld ausgegangen, von den Eltern hat er nichts bekommen. Wie du wahrscheinlich weißt, hat Henry ihm in seinem Haus ein Zimmer besorgt. Ein großes Haus mit Gemeinschaftsküche. Dann hatte er Glück: Jemand hat ihm einen Job auf der Schwäbischen Alb vermittelt, bei archäologischen Ausgrabungen. Zusammen mit anderen Latinos ist er in einem alten VW-Bus dort hingefahren. Ich kenne diese Geschichte nur aus Erzählungen, wir waren damals noch nicht zusammen. Es war wohl keine schlechte Arbeit. Sie buddelten in der Erde, säuberten die Fundstücke, registrierten sie, waren den ganzen Tag draußen, wie bei einer Weinernte. Das schwäbische Dorf, in dem sie wohnten, hieß Upfingen. Wie oft habe ich den Namen gehört! Dort gab es sogar eine Rockerbande, die Black Eagles." Nora hat vergessen, wie Camilo die Rocker kennengelernt hat. Vielleicht trafen sie in der Dorfkneipe aufeinander, in der die Ausgrabungsstudenten ihr Feierabendbier tranken, vielleicht setzten sich die Black Eagles neugierig zu den Fremden an den Tisch. Falls es Misstrauen oder gar Ausländerfeindlichkeit gegeben haben sollte gegenüber den Südamerikanern im Ausgrabungstrupp, haben diese davon nichts gespürt.

„Camilo klang immer begeistert, wenn er von den Black Eagles erzählt hat. Schwaben vom Dorf, die er wegen ihres Dialekts kaum verstanden hat. Sie waren echte Exoten für ihn, er mochte sie gern. Und bestimmt wurde abends immer ordentlich gebechert."

Als der VW-Bus eines Tages liegenblieb, halfen die Black Eagles, ihn wieder flott zu machen. Und am Ende der Ausgrabungszeit verabschiedeten sie die langhaarigen Südamerikaner mit selbstgemachten Geschenken. Camilo bekam eine kunstvoll lackierte Dose und ein weites, mit Adlerschwingen bemaltes Hemd, beides hat er jahrelang aufbewahrt. Die Black Eagles fuhren dröhnende Maschinen und hörten dröhnende Musik, nicht das, was die jobbenden Latinos hörten. Aber etwas wie Freundschaft muss sie verbunden haben.

„Und als Camilo von den Ausgrabungen zurückkam, war Henry tot. Es ist genau in dieser Zeit passiert", sagt Nora.

Der Selbstmord seines Freundes hat Camilo schwer getroffen. Henry sei depressiv gewesen, hat er Nora erzählt, andere Erklärungen kamen nicht. Aber auch witzig und gesellig sei er gewesen, manchmal arrogant, wie die *Porteños* nun mal sind. Und bei Frauen beliebt. Aber depressiv.

Depression. Nora kennt viele, die mit diesem Monstrum leben müssen. Camilos Schwester, sein Vater nach dem ersten Schlaganfall, auch Camilo selbst hatte depressive Phasen. Phasen dieser sonderbaren Dunkelheit, die in einem wuchert und wieder schrumpft oder bleibt und sich oft lange nicht rührt. Eine Veranlagung vielleicht, ein schlechter Traum, der in den Tag hinein- und dort festgewachsen ist. Etwas, das im Glücksfall Menschen zusammenbringt, weiß Nora, häufiger aber auseinander. Das Unmengen Kraft raubt, manchmal das Leben. Eine Farbe oder eine fehlende Farbe, eine Wolke, ein Schatten, kaum greifbar und schmerzhaft wie kaum etwas anderes.

In Argentinien, dem Land mit der angeblich weltweit größten Psychologendichte, wurde immer offen mit psychischen Problemen umgegangen. Jedenfalls war und ist dort die Hemmung, einen der vielen Spezialisten aufzusuchen, wesentlich geringer als in Deutschland. Dabei ist auch Noras Familie nicht davon verschont geblieben, ihr Vater war das beste Beispiel, aber man sprach nicht darüber, er schluckte Pillen und hatte seine Beichtväter.

„Ich weiß nicht, wie Camilo Henrys Selbstmord verkraftet hat. Immerhin ist er seinetwegen nach Heidelberg gekommen. Er hat kaum darüber gesprochen. Ich weiß auch nicht, ob Henry damals eine Freundin hatte, ob vielleicht eine unglückliche Liebesgeschichte dahintersteckte."

„Keine Ahnung. Mir hat er nie davon erzählt oder geschrieben. Aber vielleicht hat er Camilo einiges anvertraut."

Nora schüttelt den Kopf. „Ich würde dir so gern mehr sagen können, aber ich weiß nichts."

Für sie ist der Fall Henry mit den Jahren verblasst, für Camilo womöglich viel weniger, als sie gedacht hat. Der Name fiel ab und zu, aber sonst? Oder hat sie so viel vergessen? Sein Sprung aus dem Fenster ist bei ihr haften geblieben.

Trotzdem wollte Camilo Heidelberg nicht mehr verlassen. Er flog ein paar Monate später nach Buenos Aires, um sich zu verabschieden, noch war sein Rückflugticket gültig. Er wusste, dass er ganz nach Deutschland ziehen würde. Er floh nicht nur vor den Erwartungen und Demütigungen seines Vaters. Als Politikstudent, als revolutionsbegeisterter Linker, der seine Meinung nicht für sich behielt, wäre er in Argentinien auch schnell ins Visier der Militärs geraten. Seit dem Putsch von 1976 waren sie an der Macht, es herrschten Willkür und Brutalität. *No te metas*, wurde allgemein geraten, *Misch dich nicht ein.* Regimegegner, sogenannte Subversive oder als solche Verdächtigte, wurden aus ihren Häusern geholt, gefoltert, getötet, bis zum Ende der Militärdiktatur hat die Zahl der Verschwundenen um die 30.000 Menschen erreicht.

Zu Hause tobte Camilos Vater. Camilo verbrachte den Sommer teils in Buenos Aires, teils bei einem Freund in Mar del Plata, und obwohl er sich in dieser Zeit verliebte und eine Beziehung begann, die Versuchung also groß war, in Argentinien zu bleiben, wollte er wieder nach Deutschland. Zu diesem Schritt konnte seine Freundin sich nicht durchringen, sie trennten sich.

Immer wieder gab es Streit mit dem Vater. Camilo wollte gehen, der Vater, dass er blieb. Camilos Abschied von der Familie führte zum endgültigen Bruch. Der Vater sagte – und bereute es vermutlich Jahre später: „Wenn du gehst, brauchst du nie mehr wiederzukommen." Diese Kränkung hat Camilo sein Leben lang nicht verwunden. Seinen Vater wollte er bis auf weiteres nicht mehr sehen. Als dieser sechs Jahre später starb, flog Camilo nicht zur Beerdigung. Erst im Jahr darauf entschloss er sich, gemeinsam mit Nora seine Familie zu besuchen.

# 28
## Horrortrips

Der Mann, der Nora schräg gegenübersitzt, blickt über die Straße zu dem begrünten Platz, dieses in jedem Viertel der Stadt anzutreffende Quadrat, auf dem man Luft schöpfen, den Verkehr und das Gewimmel auf den Bürgersteigen betrachten oder im Grün der Bäume vergessen kann. Eben hat er sich einen Gin bestellt und ihn mit Tonicwater verlängert. Er lässt Nora mit dem Rotwein allein und nimmt einen großen Schluck aus dem hohen Glas.

„Welche Rolle hat deine Familie bei Henrys Auszug gespielt oder vielleicht auch bei seinem Tod?", fragt Nora unvermittelt.

„Wie?"

„Naja, Konflikte. Oder Geschichten aus der Kindheit. Die Streitereien zwischen Henry und deinem Vater." Henry beginnt sie zu interessieren.

„Die Familie …", Alejandro setzt sein Glas ab, reibt sich mit dem Handrücken über die Stirn. „Für mich ist es auch nicht einfach, mit dem Mist meines Vaters klarzukommen. Überhaupt nicht. Die Scham bleibt, da kann man machen, was man will. Aber deswegen bringe ich mich doch nicht um, verdammt! Hätte er wenigstens mal mit mir geredet!"

Er schaut Nora in die Augen, sein Blick hat sich verhärtet. Er greift nach der Weinflasche, hält sie fragend hoch. Sie nickt, er gießt ihr Glas voll, fast bis zum Rand.

„Vielleicht ging das ja gar nicht", sagt Nora. „Vielleicht war Henry an dem Tag, als es passiert ist, völlig stoned. Oder an dem Abend, keine Ahnung, wann es war. Hast du daran schon mal gedacht? An Drogen? Da ist vielleicht was in ihm hochgekommen und hat ihn einfach fortgerissen. Camilo war nicht da, weit weg von Heidelberg, als

Henry gesprungen ist. Wahrscheinlich hat ihm das später auch zu schaffen gemacht, dass er nicht in der Nähe war."

Der Gedanke kommt Nora zum ersten Mal.

„Ich habe in den verrückten Zeiten damals einige Leute durchdrehen sehen", fährt sie fort. „Horrortrips. Zu viel Dope, LSD oder üble Mischungen mit irgendwelchen Tranquilizern. Manche Leute sind in der Psychiatrie gelandet. Für die war es einfach zu viel auf einmal. Für mich im Grunde auch: die ganze Elterngeschichte im Nacken, die strenge, verkorkste Erziehung, die Erwartungen, und dann war man auf einmal frei und hat alles Mögliche ausprobiert, oft ohne zu wissen, was man da eigentlich nahm. Wir haben damals dauernd gekifft. Und auch Härteres ausprobiert. Woher hatten wir eigentlich das Geld dafür? Drogen gehörten irgendwie dazu. Es war toll – und manchmal schrecklich." Nora nimmt einen großen Schluck, merkt, wie sich der Schwebezustand in ihrem Kopf verstärkt und ihre Schultern sich schwerer anfühlen.

„Schrecklich?", fragt Alejandro.

„Ja, man wollte raus aus der Enge. Und ich kann dir sagen, ich hatte ein sehr autoritäres Zuhause. Man wollte Rausch und Freiheit und möglichst viel ausprobieren, und plötzlich fing alles um einen und unter einem an zu schwanken, der Halt war weg. Bei einigen komplett. Ein guter Freund von mir musste eines Tages um sein Leben fürchten, weil einer seiner Freunde, ein Junge aus gutem Hause, ihn plötzlich mit dem Messer bedroht hat. Er war total durchgedreht. Die Polizei kam. Seine Eltern haben ihren abgedrifteten Sohn nach Hause geholt und ihn behandeln lassen. Später habe ich erfahren, dass er inzwischen in einer Bank arbeitete, zu Hause Frau und Kinder hatte, alles ganz brav und vernünftig. Naja, wer weiß. Und eine Freundin", sie sollte sich bremsen, denkt Nora, „ist damals aus freien Stücken in die Psychiatrie gegangen. Ich erinnere mich noch, wie sie immer mehr abdrehte, wie sie stundenlang in einer Ecke saß und lange Texte auf Klopapier schrieb. Der Beginn einer Schizophrenie. Ich weiß gar nicht, was aus ihr geworden ist. Eine traurige Geschichte von vielen."

Jetzt mutet sie sich doch noch diese Erinnerungen zu. Sich und einem Mann, den sie gar nicht kennt, der die offenbar lange weggesperrte und nun wieder hervorgekrochene Trauer um seinen Bruder mit sich herumträgt. Womöglich ist ihm das alles egal, weil Drogen in seinen Augen gar nichts mit Henrys Unglück zu tun haben.

„Und dann gab es Leute", ergänzt sie noch, „die haben alles vertragen, haben sogar mit LSD am Steuer gesessen. Unfassbar für mich. Ich weiß nicht, wie die gestrickt waren. Teilweise haben die später ein gutbürgerliches Leben geführt und alles ziemlich gut im Griff gehabt, soweit ich das beurteilen kann."

„Und du?"

„Naja, wie man's nimmt. Es kamen Ängste und schlimme Tiefs. Irgendwie habe ich mich aber gehalten."

Nora grinst, winkt den Kellner herbei und bestellt sich ein Wasser. Wie soll das sonst enden hier an der Plaza Belgrano?

„Ale, ich nenn dich jetzt Ale", sagt sie. „Das ist kürzer. Lange Namen krieg ich nicht mehr hin."

Er lacht.

„*Bueno*, Ale", sie setzt noch einmal an, als könnte sie nach drei gut gefüllten Gläsern Wein heute Abend die ungelöste Frage beantworten, „vielleicht war das mit Henry, auch wenn es irgendwie banal klingt, wirklich nur ein Joint zu viel und eine enttäuschte Liebe."

Hinter ihrem Schwips lauern Kopfschmerzen, sie will nach Hause. Aber sie bleibt. Sie und Alejandro erzählen sich noch abenteuerliche Geschichten aus ihrer Jugend. Henry erwähnen sie nicht mehr.

„Du kannst ja mal nach Heidelberg kommen", sagt Nora.
„Dann laufen wir durch die alten Gassen, wo sich damals alles abge-
spielt hat. Die Welt weiter draußen existierte für uns nicht."

Später hält Alejandro für sie ein Taxi an. Beim Abschied nimmt
er sie in die Arme und sie fragt sich erstaunt, ob sie schon so be-
denklich schwankt.

# 29

# Abschied

Tante Milia hat für das letzte Abendessen Empanadas bestellt und Wein spendiert. Nora hat einen Käsekuchen gebacken, der zum Glück gelungen ist, obwohl sie den deutschen Quark durch einen viel kompakteren argentinischen Frischkäse ersetzen musste. Sie sitzen alle zusammen um einen Tisch auf Lucas und Susanas Dachterrasse. Auch Daniel ist dabei, er ist gerade aus Villa Gesell eingetroffen, sein Urlaub ist zu Ende.

Die warme Luft steht, wie im Hochsommer, dabei ist schon März. Nora zuliebe sitzen sie trotzdem draußen und verzichten auf die klimatisierte Wohnzimmerluft. Ab und an zieht eine Brise über die Terrasse und alle atmen auf. Und dann passiert das, was Nora schon kennt, und es passiert ihr sogar ohne Camilo: Sie wünscht sich, sie müsste nicht wieder weg aus Buenos Aires. Es ist ein flüchtiges Gefühl, das weiß sie. Aber es macht ihre nächste Reise hierher wahrscheinlicher.

Am Vormittag ist sie mit der U-Bahn ins Zentrum gefahren und etliche Kilometer durch volle, heiße Straßen gelaufen. Hat in einer der großen Buchhandlungen Bücher gekauft und Camilo erzählt, dass sie diesmal nicht nach Musik Ausschau halten wird. Hat ein Sommerkleid anprobiert, ein Paar Sandalen erstanden, obwohl die argentinischen Preise gestiegen sind. Nach einem Käsetoast und einem Radler in einem der großen alten Cafés hat sie sich auf eine Plaza unter die Bäume gesetzt und Grüppchen uniformierter Schulkinder beim Herumalbern beobachtet. Auf dem Rückweg am Nachmittag war die U-Bahn voll. Alle Fahrgäste außer ihr und einem jüngeren Mann mit Buch waren die ganze Fahrt über in ihre Handys vertieft. Ein stummes Kind hat gebettelt, ein hochvirtuoser Gitarrist im ratternden Waggon Bossa Nova gespielt.

Noras Koffer ist gepackt. Weil die Dosen mit den Weihnachtsplätzchen verteilt sind, konnte sie die Mitbringsel für die Freunde ohne Mühe unterbringen. Der Online-Check-in ist erledigt, die Klamotten für morgen liegen auf einem Stuhl, sogar der Wecker ist schon gestellt. Vor Reisen arbeitet Nora eine detaillierte Liste ab, akribisch, überkorrekt, es darf kein Schlupfloch für Panik entstehen.

Laura hat ihre Füße auf die Terrassenbrüstung gelegt und fächelt sich mit einem Frisbee Luft zu. Beim Blick auf ihre beiden großen Zehen fällt Nora plötzlich die Geschichte ein, die sie Susana noch erzählen wollte. Besonders appetitlich ist sie zwar nicht, aber das Essen ist vorbei. Sie fragt, ob die Runde eine kleine Anekdote aus ihrer Familie hören möchte. Alle nicken.

Noras Ururgroßvater August zog Anfang des 19. Jahrhunderts als Offizier in Napoleons Heer nach Russland. Es war ein eisiger Winter, viele Soldaten erfroren. August hatte Glück, ihn erwischte der Kältetod nur an einem großen Zeh. Er bat den Wundarzt der Kompanie, ihm den Zeh zu amputieren, doch der weigerte sich. Also half der Geplagte sich selbst.

„Wie denn das?", fragt Milia mit zusammengekniffenen Augen.

„Er hat an der richtigen Stelle", Nora schaut unwillkürlich auf Lauras nackte Füße, „einen scharfen Gegenstand angesetzt und sein Bettgestell darauf fallen lassen."

Die Frauen schreien auf, die Männer stöhnen verhalten. Laura zieht ihre Füße abrupt von der Brüstung zurück.

„Dann hat er den widerspenstigen Arzt holen lassen, damit dieser wenigstens den Schnitt versorgt. Es war wahrscheinlich seine Rettung. Wehleidig war Urgroßvater jedenfalls nicht, hat meine Mutter immer gesagt."

Nora fällt plötzlich ein, dass ja ein Orthopäde mit in der Runde sitzt. Als sie zu ihm hinüberschaut, greift er gerade mit einem feinen Lächeln auf den Lippen nach seinem Bier. „Er hat genau das Richtige getan", sagt Daniel. Bevor sich das Gespräch jetzt gruseligen orthopädischen Fällen zuwendet, will Nora die Geschichte schnell beenden.

„Den abgehackten Zeh hat mein Ururgroßvater konserviert", sagt sie, „keiner weiß, warum. Und auch seine Nachkommen haben ihn aufbewahrt. Eine Großcousine hat erzählt, sie sei als junges Mädchen zwischen Familiendokumenten auf die Reliquie gestoßen, die in einem mit Harz verschlossenen Apothekerglas in Spiritus schwamm. Sie habe sie für eine große Zwetschge gehalten. Der große Zeh meines Ururgroßvaters hatte mehr als hundert Jahre überdauert."

„Gibt es ihn noch?", fragt Laura mit großen Augen.

„Nein. Im Dezember 1944, ungefähr ein halbes Jahr vor dem Ende des Krieges, wurde das Haus, in dem sich der Zeh befand, von einer Luftmine zerstört. Das war sein Ende."

Beim Abschied von Daniel kommen Nora nur belanglose Worte über die Lippen, ihm ebenso. Nora weiß nicht, ob sie es beim nächsten Mal schaffen wird, Villa Gesell zu besuchen. Vielleicht kommt er ja mal wieder nach Europa oder sie reisen zusammen für ein paar Tage in den argentinischen Norden, in die Bergwelt nahe Bolivien, die sie beide nicht kennen. Sie werden die Verbindung halten, so oder so.

Milia hat ihr riesiges Puzzle fertiggestellt: Dampfer auf Meer, höchste blaue Anforderungen, nur im Vordergrund konnte sie es sich bei einem schmalen Küstenstreifen leichter machen. Schon hat sie Lust auf das nächste. Das fertige will sie auf Pappe kleben und an die Wand hängen. Schwitzend umarmen sich Milia und Nora, bis zum nächsten Mal, sagen sie, und Milia: Aber bald, wer weiß, wie lange es mit mir noch geht. Dann fährt Luca seine Mutter nach Hause. Alle anderen Abschiede werden auf den nächsten Tag am Flughafen verschoben.

In dieser letzten Nacht geht es nicht ohne Ventilator. Arme und Beine von sich gestreckt, liegt Nora in der Dunkelheit und schaut dem Kreisen der Flügel an der Decke zu. Sanftes Brummen erfüllt die Luft, nicht mehr das Ächzen und Ruckeln des alten Ventilators in Camilos Jugendzimmer.

# 30
# Vorhänge

Und jetzt, mein Liebster, schreibt sie, bist du auf beide Kontinente verteilt. Auf Land und Meer. Unsere Wohnung ist ausgestorben, mein eigenes bisschen Leben kommt mir darin mickrig vor.

Sie sitzt am Esstisch und denkt: Camilo, mir ist kalt. Kalt wie nach jeder Argentinienreise. Milia wollte nicht mit zum Flughafen. Ich kann sie verstehen. Als wir losfuhren, war es heiß und stickig, meine lange Hose für die Reise habe ich erst in Ezeiza angezogen und dann auch gleich noch die Jacke, in dieser blöden kaltgestellten Reisefieberluft. Die letzten Pesos hat Luca bekommen, er wollte mir davon unbedingt noch sündhaft teure Flughafen-*Alfajores* kaufen. Ich konnte ihn gerade noch davon abhalten. Laura und Susana haben mich ganz lange gedrückt, ich soll bald wiederkommen.

Mit meinem Platz hatte ich Glück, aber das habe ich dir schon im Flugzeug erzählt, der Sitz neben mir war frei, ich konnte mich ausbreiten, habe aber trotzdem wieder kaum geschlafen.

Alle sagen, ich bin jederzeit willkommen, ihr Haus ist mein Haus, auch Carlos in Villa Gesell, der hat aber nicht gesagt, er würde mich vermissen, auch Milia nicht. Dafür Susana und Luca und Laura. Ich habe es geschafft, nicht zu heulen. Hier schaffe ich es nicht mehr. Mir ist so kalt.

Der schlimmste Tag ist vorbei. Die eingeschweißten Empanada-Teigplatten hat Nora in den Tiefkühlschrank gelegt, das *Dulce de leche*, die argentinische Karamellcreme, in den Küchenschrank gestellt. Auf Süßes hat sie im Moment keine Lust. Aber sie wird sich jetzt einen Mate machen. Unten hört sie den Nachbarn husten. Er sitzt auf seiner Terrasse. Raucht und hustet. Noras Wohnung ist randvoll mit Abwesenheit, mit Camilos und immer noch mit ihrer eigenen. Sie fragt sich mal wieder, was sie hier soll.

Die dunkle Einsamkeit des Ankunftstages, die nur mit Musik und mehreren Gläsern Wein zu dämpfen war, und auch das Schlafnachholen hat sie hinter sich. Der Koffer steht immer noch aufgeklappt neben dem Bett, der Gang in den Keller zur Waschmaschine kann warten, Sommersachen braucht sie jetzt nicht. Sie lässt den Mate-Beutel durch die Tasse kreisen.

Der Nachbar hustet, als müsse er sich übergeben.

Nach der langen Reise geht ihr mal wieder dieser Blödsinn durch den Kopf: dass sie sich damals ausgerechnet in einen Südamerikaner verlieben musste. Einen Mann vom anderen Ende der Welt. Aber er wohnte ja um die Ecke, besser hätte es nicht sein können. Jahre später hat sie sich ab und zu gewünscht, sie hätte einen Spanier oder Italiener, einen Europäer, an ihrer Seite. Nicht nur, wenn wieder eine Argentinienreise bezahlt und ein langer Flug über den Ozean durchgestanden werden musste, sondern auch, wenn Camilo nach einem Telefongespräch mit seinem Neffen den Hörer auflegte und vor lauter Heim- und Fernweh nichts mehr sagte. Sie fand es sehr hart, dass er seine Familie und sein Land nicht ohne größere Umstände erreichen konnte, sie wären häufiger gemeinsam hingereist als nur alle zwei, drei Jahre für ein paar Wochen oder Monate. Sie flogen hin, wenn sie wieder genug Geld für die Tickets zusammengespart hatten. Ein paar Mal ist Camilo allein geflogen.

In den nächsten Tagen kommt auch Alejandro in den Winter zurück. In Deutschland nennen sie ihn Alex, hat er gesagt, aber sie bleibt bei Alejandro. Oder Ale. Die Deutschen hätten aus Ale etwas gemacht, das wie „Aale" klang, hat er Nora erzählt, deswegen habe er sich hierzulande an Alex gewöhnt.

Nora steht auf und geht zu der Holzschachtel im Regal: der Asche, die bei ihr geblieben ist. Eine feine Staubschicht überzieht den Deckel, auf den sie eine kleine weiße Figur gestellt hat, die sie an Camilo erinnert. Sie wird den Deckel nicht öffnen, es täte zu sehr weh. Ihr ist immer noch kalt. Sie geht ins Schlafzimmer, um sich eine wärmere Jacke zu holen.

Dieses Bett! Einfach zu groß für sie allein, dabei ist es nur 1 Meter 40 breit. Seit dem letzten Winter gähnt auf der Matratze neben ihr viel zu viel Leere. Der Nachttisch auf seiner Seite ist weg, sie hat ihn durch einen Stuhl ersetzt. Darüber hängt jetzt das kleine Aquarell von Tía Eugenia, die Vase mit den drei zarten Blumen, die langsam verblassen.

Auch Eugenia lebt nicht mehr, Camilos Tante von der franko-italienischen Seite, eine von mehreren Schwestern seines Vaters und auf jeden Fall die originellste mit ihrem rotgefärbten, aufgeplusterten Haar, ihrer Malerei und ihrem unerschöpflichen Witzerepertoire. Wenn Camilo und Nora sie in Buenos Aires besuchten, gab es erst einmal Küsse und Umarmungen und Begrüßungsrufe in den höchsten Tönen. Eugenia hatte wie die meisten Argentinierinnen die Angewohnheit, ihre Stimme bei Gefühlausbrüchen in Sopranlagen hochzuschrauben. Danach gab es Sekt und Gebäck. Und schließlich erkundigte sich Camilo nach Eugenias neuesten Werken, natürlich hatte die Tante nur darauf gewartet.

Eugenia hat als selbstständige technische Zeichnerin für verschiedene Architekten gearbeitet und nebenbei immer gemalt. Während sie im Schlafzimmer die Leinwände eine nach der anderen auf die Staffelei hob, rannte ihr Hund, ein Mischling mit kleinem Kopf und riesigen Ohren, aufgeregt um sie herum. Viele ihrer Gemälde bildeten Serien. Ein und dasselbe Motiv in minimaler Abwandlung, selbst bei den Farben waren nur schwache Unterschiede zu erkennen. Nora ist eine abstrakte Bilderserie in Erinnerung geblieben, in der breite, einander überlagernde Bahnen um eine kleine helle Fläche kreisten, eine Art

Licht am Ende des Tunnels, vielleicht eine mystische Ahnung. Bei jedem Bild, das die Tante den Besuchern zeigte, überschüttete sie sich mit Eigenlob. Nora und Camilo würdigten ihre Werke mit „Ahs" und „Ohs", die Tante schwärmte, erklärte ihre Malerei, die Kunst im Allgemeinen.

Eugenia war kinderlos, ihr italienischer Mann, ehemaliger Offizier, lebte nicht mehr. „Er war ein Ekel", sagte Camilo. Eugenia schien das Leben zu genießen. Nora mochte sie gern, aber ein Besuchsnachmittag von Zeit zu Zeit genügte ihr. In zu vielen Witzen der Tante kamen die *negros*, mit denen in Argentinien die armen bolivianischen oder andere indianische Einwanderer gemeint sind, und die Schwulen schlecht weg. Sie traute sich, Abneigungen zu äußern, die in gebildeten Kreisen eher verschwiegen wurden, obwohl sie allgegenwärtig waren und immer wieder durchsickerten. Camilo unterbrach die Tante irgendwann und erkundigte sich nach den *chicas*, so nannte Eugenia ihre Freundinnen, mit denen sie ins Kino oder zum Eisessen ging. Nora stellte sich eine Runde lustiger älterer Damen mit braun- oder rotgefärbtem Haar vor und hatte ihre hochschwappenden Stimmen im Ohr.

Beim allerersten Besuch in Eugenias vollgestopfter Wohnung hat Nora sich für eine große tönerne Schildkröte begeistert. Umgehend bekam sie das Tier geschenkt, Ablehnen war unmöglich. Sie sieht sich am Tag vor der Abreise mit Camilo vor dem gemeinsamen Koffer stehen, daneben das große Tier. Alles Umpacken und Zurechtrücken half nichts, sie mussten Eugenias Schildkröte in Buenos Aires lassen. Wahrscheinlich hat Cecilia sie beim Umzug ans Meer entsorgt.

Nora verlässt das Schlafzimmer. Sie sollte das Bett verschieben und den Schrank, und irgendwann muss auch die Kommode raus. Sie hat gelesen, dass manche Trauernde kurzen Prozess machen. Ihr gelingt nicht einmal der lange Prozess, alles Umstellen und Entsorgen geschieht nur in ihren Gedanken. Außer bei Camilos Kleidung, immerhin, da hat sie einen großen Teil aussortiert und weggebracht. Sein Arbeitszimmer hat sie aufgeräumt und den fast nagelneuen fünfsaitigen Bass verkauft. Danach schwankte sie zwischen Erleichterung und Wehmut. Bei etlichen Dingen, gerade den kleinsten – seinem gestreiften Stofftaschentuch, seinem Reisegeldbeutel, seiner roten Auftrittskrawatte, sogar bei einem kleinen Stück Schmirgelpapier – muss ein ganzes inneres Komitee entscheiden. Erschöpft schließt sie die Schränke wieder.

In ihrer Trauer fühlt sie sich wie in einer vergangenen Welt erstarrt. Nichts kann verändert werden ohne seine Zustimmung, es ist auch seine Welt. Für Veränderungen ist sein Bewusstsein nötig, sonst geschieht es über seinen Kopf hinweg. Zum Beispiel könnte Nora mal die Schlafzimmervorhänge ersetzen. Sie sind ausgeblichen, ein Wechsel ist längst fällig. Nein! denkt sie. Sie haben hier mit Camilo gelebt! Und die beiden Katzen saßen dahinter und versteckten sich vor uns. Die Katzen, die klugen, aber nur katzenklugen, dachten wie Kinder, wir wüssten nicht, wo sie sind. Oft wussten wir es auch nicht. Camilo, die Katzen, die Vorhänge, nichts will sie verlieren, nichts kann sie loslassen, obwohl sie schon alles außer den ausgeblichenen Vorhängen verloren hat und sie verfluchen möchte, diese Vorhänge, die nicht gehen wollen, weil sie alles gesehen haben, die ungerührt in dieser Camilo-losen Welt ausharren. Wie aus Granit, sträuben sie sich gegen Sprengung oder Abtransport.

Wenn Nora ehrlich ist, scheut sie auch die Mühe. Aber scheut sie sie nicht, weil sie jeden weiteren Abschied scheut? Weil alle Gedanken an Veränderung in der Mitte abbrechen und ein anderer Gedanke, der an ewiges Bleiben, sich wie eine steinerne Mauer vor ihr aufbaut? Irgendwann muss wohl doch mit Dynamit gesprengt werden.

# 31
## Kettengasse

Nora und Ale stehen vor dem Haus in der Kettengasse 13, an einem trüben Tag im April. Eine Wolkendecke verschließt den Himmel über der Altstadt und den Bergen zu beiden Seiten des engen Tals. Nora ist zehn Minuten wartend am Ausgang des Parkhauses auf und ab gelaufen und bei jedem Schritt nervöser geworden, als sollte sie selbst zu dem Ort geführt werden, an dem ein Bruder gestorben ist. Bei der Begrüßung waren sie beide einsilbig. Sie beschlossen, es schnell hinter sich zu bringen und anschließend einen Kaffee zu trinken.

Sie haben einen Platz überquert, vorbei an einer zusammengeklumpten Reisegruppe und Scharen von Passanten, sind durch die engen Straßen der innersten Altstadt gelaufen, Nora fremdenführerisch erklärend. Jetzt stehen sie in der Kettengasse, einer der Gassen, die auf den Berghang zulaufen. Haus Nummer 13, schmal und hoch, sieht aus wie frisch gestrichen, erstaunlicherweise immer noch in dem gleichen fahlen Olivgrün wie damals. In den Siebzigerjahren und bis Anfang der Achtziger lebten hier auf allen vier Etagen junge Leute, meist Studenten. Die Wohngemeinschaft verwaltete sich selbst, die Miete ging in die Stadtkasse. Doch dann wurde die Altstadt umfassend saniert, Studenten, alte Leute und türkische Familien wurden umgesiedelt, und im olivgrünen Haus entstanden wie in vielen anderen Häusern teure Wohnungen. Die sieben oder acht Hausbewohner mussten gehen und bekamen für kurze Zeit Übergangsbleiben, bevor auch diese einer Sanierung zum Opfer fielen. In der Kettengasse 13 war es nun vorbei mit dem Proberaum im Keller, in dem ein Schlagzeuger geübt und ein Gitarrist unterrichtet hatten, und mit dem Kinderladen im Erdgeschoss, zur Straße hin. Dort zog ein Headshop ein. Nora staunt, dass es ihn immer noch gibt. Sie zeigt auf das rechte Fenster im ersten Stock.

„Das war Camilos Zimmer, höchstens acht Quadratmeter groß, mit einem breiten Hochbett."

Am Ende des Flurs wohnte sein kolumbianischer Freund Lucho. Im zweiten Stock hing das Haustelefon an der Wand. Die seltenen Ferngespräche nach Argentinien führte Camilo aber eine Zeitlang in Telefonzellen, in denen sich mittels eines raffinierten Gabelklopfsystems Gratisverbindungen herstellen ließen. Die Masche flog auf und die Telefonzellen verloren ihre Anziehungskraft. Im dritten Stock, zum Hof hin, wohnte Henry. Sein Zimmer hatte eine schöne, von Altstadtdächern etwas eingeengte Aussicht auf das Heidelberger Schloss. Henrys letzter Blick vor seinem Sprung in den Tod könnte der alten Ruine gegolten haben, in der sich das ganze Jahr über Touristen drängen, denkt Nora, und die abends im Scheinwerferlicht schimmert wie eine Märchenburg.

Die deutschen Freaks und Alternativen im Haus wurden mit den zwei, drei ausländischen Mitbewohnern nicht so richtig warm. Man tolerierte sich, man meckerte übereinander. Um die Miete, ums Putzen gab es gelegentlich Streit. Camilo hat sich hier trotzdem wohlgefühlt. Niemanden störte es, wenn er bis tief in die Nacht Musik hörte oder Bass spielte, eher schon, vermutet Nora, wenn Lucho und er hitzig zwischen Tür und Angel diskutierten.

„Hier ist es also passiert", murmelt Alejandro und schiebt die Hände in seine Hosentaschen.

Als er vor Jahren mal nach Heidelberg gekommen sei, um das Haus zu suchen, habe er sich nicht an die Hausnummer erinnern können. Ein blöder Fehler, er hätte Henrys Briefe mitnehmen sollen. Er sei dann hinunter zum Neckar gelaufen, habe sich aber so miserabel gefühlt, dass er nach kurzer Zeit wieder abgefahren sei. Danach habe er Heidelberg gemieden.

Sie stehen vor der hohen alten Holztür, wollen aber nicht klingeln, um zu fragen, ob sie sich die Wohnung im dritten Stock anschauen dürfen. Da sehe jetzt sowieso alles anders aus als damals, wozu also, sagt Ale. „Der Blick aufs Schloss ist geblieben", sagt Nora.

„Haben deine Eltern Henry überführen lassen?"

„Ja, nach seinem Tod sind sie nach Deutschland geflogen und haben sich um alles gekümmert. Ein Abschiedsbrief war nicht zu finden. Von Henrys Sachen haben sie kaum etwas mitgenommen, seine Uhr, die habe ich bekommen, zwei, drei Bücher, eine kleine argentinische Fahne, ich habe sie immer noch."

Er wendet das Gesicht ab und schaut Richtung Berg. Vielleicht bleibt sein Blick an den Mauern des alten Gefängnisses hängen, vielleicht ruht er seine Augen am grünen Berghang aus. Oder er sieht nichts, weil er nichts mehr sehen will.

Camilos Entschluss, in Heidelberg zu bleiben und sich um einen Studienplatz zu bemühen, hat sich durch Henrys Tod offenbar nicht geändert, möglicherweise hat er ihn sogar verstärkt. Camilo ließ sich ein paar Unterlagen nachschicken, die noch fehlten, und immatrikulierte sich. Ohnehin gab es keine andere Möglichkeit als ein Studium, um im Land zu bleiben. Bevor er wieder in politische Theorien einsteigen konnte, diesmal auf Deutsch, musste er noch ein Vorbereitungsjahr inklusive Sprachkurs absolvieren, also wieder zur Schule gehen.

„In der Zeit haben wir uns kennengelernt", erzählt Nora. „Ich hatte Camilo schon in der Mensa gesehen mit seinem kolumbianischen Freund, einem Kommilitonen von mir. Der wollte mit mir anbändeln und besuchte mich eines Tages zusammen mit Camilo."

Damals wohnte Nora in einem kleinen Erdgeschosszimmer in der Hauptstraße, in dem Abschnitt, durch den die Touristen zogen auf der Suche nach Vergangenheit. Einmal sah sie, wie sich Gesichter an die Fensterscheibe drückten, und eine Stimme sagte: „Oh, look, a student!" Sie erinnert sich an die Kerzen in ihrem Zimmer, an die bunten Stoffe und Spitzenvorhänge und die alte Nähmaschine, mit der sie sich Hippiekleider nähte.

„Wir tranken zusammen Kaffee und Lucho hat herumgealbert, während Camilo eher wortkarg dabeisaß. Und da die Heidelberger Altstadt winzig ist, haben wir uns zwischen Mensa und Jazzkeller wiedergesehen."

Camilo lud Nora zu einem Fest ein, sie tanzten zusammen, er hatte so schöne Augen und entpuppte sich als geistreicher Gesprächspartner.

„Am Tag, an dem unsere Liebesgeschichte begann, hatte Camilo zufällig auch einen Job gefunden, als Küchenhelfer in einem Touristenlokal. Es sei sein großer Glückstag gewesen, hat er hinterher oft gesagt. Mir war damals gar nicht klar, wie abgebrannt er war. Ein paar Monate später bin ich für ein Semester nach Paris gegangen. Ich hatte ein Auslandsstipendium bekommen."

Da oben war Camilos kleines Zimmer. Die Holztreppen haben immer geknarrt. Jede Viertelstunde hörte man das Glockenläuten der nahen Kirche. Das Hochbett, dicht unter der Decke, in dem sie zum ersten Mal zusammen geschlafen haben, glich einer Höhle. Zwei Meter tiefer waren sie sich an diesem Abend nähergekommen, was auf den wenigen Quadratmetern nicht schwer war. Camilo hatte Nora eingeladen, frisch erstandenes Gras zu testen. Verblüffende Qualität. Die Wahrnehmung verfeinerte sich, was sie hörten und sagten, dehnte sich, traf sich an völlig neuen Kreuzungen, rutschte manchmal aus der Spur und fand wundersam zurück. Die Kubaner aus dem Kassettenrekorder überschlugen sich elastisch, zielsicher an ihren Instrumenten. Unter dem Pullover trug Camilo ein T-Shirt mit hellblauen Streifen wie der argentinische Himmel und seine Augen waren dunkel und schön, und in diese Augen blickte Nora Jahre und Jahrhunderte und wollte sich nicht mehr von ihnen lösen.

Nur um zwei Ecken mussten sie gehen, um sich in den nächsten Tagen und an allen weiteren zu besuchen. Sie liefen durch die Gasse, in der die schwedische Freundin wohnte, mit der es kein gutes Ende nahm, weiter hinten Noras früherer Freund, ein französischer Gitarrist. Alle lebten nur wenige Meter voneinander entfernt, und alles war nah. Der Jazzkeller, das Spracheninstitut, der Copyshop, die Mensa. Eine kleine Welt, in der alles zu Fuß erreichbar war, das neue Wissen, die neuen Freunde, die verqualmten Tanzflächen, die nächste Liebesnacht.

„Und dann sind wir zusammengeblieben, siebenunddreißig Jahre lang …", sagt Nora auf dem Weg Richtung Fluss, als könne sie es noch immer nicht glauben. Und nicht begreifen, dass eine Zahl auch ein Ende bedeutet. „Keine einfachen Jahre. Ausgerechnet wir beide, stur, Träumer. Unsere Beziehung war sehr bewegt, zweimal haben wir sie abgebrochen."

Das erste Mal hat die Trennung eine Woche gehalten, das zweite Mal, Jahre später, immerhin fast einen Monat, genau weiß Nora es nicht mehr, sie hatte damals den Boden unter den Füßen verloren und den Kopf gleich mit. Camilo fiel ihr zu oft in die überholte argentinische Männerrolle zurück. Was sollte sie mit einem, der sich vom Macho-sein-Müssen, das ihm selbst nicht mehr geheuer war, nicht trennen konnte. Aber sie kamen nicht voneinander los, sie liebten sich einfach weiter und waren viel zu verwandt, in den großen und den kleinen Dingen, im Blick auf die Welt und vor allem in der Musik.

Als Schluss war mit Trennungen, die sowieso zu nichts anderem führten, als sie wieder zusammenzubringen, begann Nora, gegen jede Vernunft ein neues Instrument zu lernen: Timbales, zwei laute Blechtrommeln mit Holzblock und Glocke und einem schillernden Becken. Nie hatte sie eine Frau dieses Instrument spielen sehen. Bei Camilos

Proben und bei Konzerten hatte es sie immer fasziniert. Was sie damit machen wollte, wie die Nachbarn es aushalten sollten, hat sie sich nicht überlegt.

In der winzigen Wohnung, für die sie Einzelzimmer und WGs hinter sich gelassen hatten, stand jetzt das Trommelpaar auf seinem Ständer zwischen Schreibtisch und ehelicher Matratze, die Kessel mit Kissen gedämpft wie zwei zugestopfte Mäuler. Nora lernte, die Stöcke zu führen und die Rhythmen zu spielen. Ohne an Auftritte zu denken, sie Nervenbündel würde keinen einzigen überleben. Aber der Rhythmus war jetzt der Mittelpunkt ihres Lebens. Das Romanistikstudium war abgeschlossen, die Zukunft unsicher und beängstigend.

„Ich brauchte natürlich Geld, ich bin putzen, kellnern, bügeln gegangen. Habe dies und das übersetzt, noch nicht viel. Zum Geburtstag hat Camilo mir ein Bongo-Paar geschenkt und gesagt: Wenn du sie lernst, kannst du in unserem Duo mitspielen. Wenn du nicht willst, nehmen sie sie im Laden zurück, kein Problem. Er ist wahnsinnig, dachte ich und habe die Bongos behalten. Die Timbales sowieso."

Sie wollte können, was sie in etlichen Proben seines Orchesters, meist als einzige Zuschauerin, bewundert hatte. Es war ihr Rhythmus geworden, sie tanzte ihn nächtelang, sie wollte ihn selbst erzeugen.

„Also Perkussionistin bist du geworden." Alejandro zieht erstaunt die Augenbrauen hoch.

Schließlich hat sie sich auch auf die Bühne getraut und viele Konzerte gespielt, die meisten mit Camilo am Bass. Sein Rhythmus hat ihren und ihr Rhythmus seinen getragen, und die nächsten Jahre waren vor allem Jahre der Musik.

Nora und Alejandro haben die Kettengasse verlassen, haben den breiten, zähflüssigen Menschenstrom auf der Hauptstraße durchquert und sich in einer kleinen Kneipe in der Nähe des Flusses niedergelassen. Sie sitzen im Halbdunkel wie in Milias Küche, vor sich eine Tasse Kaffee. Ale spielt mit einem Stapel Bierdeckel, Nora, die keine Lust mehr hat, von früher zu reden, erkundigt sich nach seiner Frau.

„Ich war ihr manchmal auch zu argentinisch", sagt er und lacht, aber ohne Freude im Gesicht. „Dabei war sie selbst Argentinierin, sie ist im selben Land aufgewachsen wie ich, in derselben Stadt. Aber kaum waren wir in Deutschland, wollte sie, dass sich alles Mögliche ändert. Spätestens, als sie Mutter wurde. Ich habe sie in vielem verstanden und mich trotzdem geärgert. Ich fand, ich gab mir unglaubliche Mühe. Aber es hat ihr nie gereicht. Wahrscheinlich spielten auch andere Dinge eine Rolle. Alles etwas kompliziert."

Nora würde gern rauchen. Aber sie hat keine Zigaretten mehr und nicht vor, sich welche zu kaufen. Über das Komplizierte möchte sie gern mehr erfahren.

„Sarah stammt aus einer der vielen jüdischen Familien, die in Buenos Aires leben. Wir haben uns an der Uni kennengelernt, ich hätte mir denken können, dass es nicht einfach werden würde, aber ich war verliebt. Ein Psychologe, zu dem ich damals ab und zu ging, hat spekuliert, dass ich mit der Wahl meiner Freundin meinem Vater eins auswischen wollte. Für mich klang das simpel und falsch. Ich habe Sarah geliebt. Henry lebte schon nicht mehr, er hat sie und unsere Tochter nie kennengelernt."

Er reibt sich die Stirn.

„Sarah wollte mit meiner Familie nichts zu tun haben. Kein Wunder. Mit meinem Vater konnte es nicht funktionieren, das war klar, aber ich habe es manchmal nicht gemerkt und versucht, zu vermitteln. Vergeblich. In unseren Diskussionen habe ich Sarah beteuert, dass sie recht hat, aber ich wollte da nicht mit hineingezogen werden."

„Seit wann lebt ihre Familie denn in Argentinien?"

„Sarahs Vater ist 1938 als Zehnjähriger mit seinen Eltern aus Deutschland geflohen, im letzten Moment haben sie sich nach Buenos Aires eingeschifft. Der Großvater hatte das richtige Gespür gehabt, er war 1937 vorausgefahren und hat sich um Arbeit und Unterkunft für die Familie gekümmert. Ein Jahr später ist seine Frau mit Sohn und Tochter nachgekommen. Eine jüdische Organisation in Argentinien hat der Familie geholfen. Ich weiß gar nicht, ob sie es sonst geschafft hätten, Einreisepapiere zu kriegen."

„Was für ein Glück."

„Ja. Aber der Rest der Verwandtschaft hat es nicht geschafft. Die Tanten und Onkel von Sarahs Vater dachten, es werde schon gutgehen, irgendwann wäre der ganze Wahnsinn vorbei. Sie haben nicht geglaubt, dass es so schlimm kommen würde. Eines Tages hat man sie dann abgeholt und ins KZ Majdanek in Ostpolen gebracht. Alle sind getötet worden. Hast du schon mal von der *Aktion Erntefest* gehört? Ein zynischer Name."

Nora schüttelt den Kopf.

„Es war eine Massenerschießung, bei der möglichst viele KZ-Häftlinge an einem Tag getötet werden sollten. So wollte man Aufstände verhindern."

Warum hat ihr Camilo nie von solchen Schicksalen erzählt? Stammten seine deutschargentinischen Freunde alle aus Nazi-Familien? Oder aus solchen, deren Vorfahren schon lange vor dem Dritten Reich ins Land gekommen waren? Warum hat Nora so wenig nachgefragt. Gelegentlich erwähnte er eine jüdische Freundin seiner Mutter, erklärte ihr, dass in Argentinien Täter und Opfer zwangsläufig aufeinandertrafen und es unangenehme Begegnungen gab. Von deren Vergangenheit und Familiengeschichten hat er nichts Genaueres berichtet.

„Sarahs Großvater war Notar, in Argentinien hat er dann Deutschunterricht erteilt und sich mit der Situation irgendwie arrangiert.

Er war kein verbitterter alter Mann, eher ein origineller Typ, sehr gebildet, aber mit traurigen Augen. Sein Sohn, Sarahs Vater, ist Journalist geworden und viel gereist. Beide Eltern leben mittlerweile in Europa.

Du kannst dir vorstellen, wie oft ich mich zwischen den Stühlen gefühlt habe. Das Schlimme ist, dass meine Tochter mir seit einigen Jahren vorwirft, dass ich meinem Vater nicht endgültig den Rücken gekehrt habe, dass ich überhaupt noch mit ihm geredet habe. Sie ist jetzt zwanzig, irgendwann sieht sie das vielleicht anders." Ale fährt sich wieder mit der Hand übers Gesicht. „Im Grunde hat sie ja recht … Aber manchmal will ich davon nichts mehr hören. Unser Verhältnis ist im Moment nicht besonders gut."

„Was ich erst vor Kurzem gelesen habe", sagt Nora und hofft, ihn damit von seiner Tochter abzulenken, „ist, dass die argentinische Regierung auch noch nach dem Krieg, als die ganze Welt von der Ermordung der Juden wusste, den Überlebenden die Einreise ins Land verweigert hat. Ich konnte es kaum glauben."

„Jüdische Flüchtlinge kamen schon ab 1938 nur sehr schwer oder nur mit gefälschten Papieren ins Land", erklärt Alejandro, die Arme vor der Brust verschränkt. „Argentinien hat erst Anfang 1944 auf Druck der Alliierten seine diplomatischen Beziehungen zu Deutschland abgebrochen. Und erst 1945 als letzter Staat der Welt Deutschland den Krieg erklärt. Die Juden sind unerwünschte Flüchtlinge geblieben. Außerdem hatte Perón nach dem Krieg die verrückte Vorstellung, der Argentinier müsse ein ‚homo mediterranus' sein, und hat vor allem die Immigration aus Südeuropa gefördert – nachdem er zuvor ganze Nazischaren ins Land gelassen hatte … Aber der ursprüngliche Wunsch, vor allem fleißige, disziplinierte Nordeuropäer ins Land zu holen, hatte sich eben nicht erfüllt. Es waren hauptsächlich arme Südeuropäer gekommen."

„Wie Camilos Großeltern."

„Viele Juden haben nach dem Krieg versucht, auf dem Umweg über Uruguay mit falschen Papieren nach Argentinien einzureisen. Aber lassen wir diese Horrorgeschichten."

Ale trommelt kurz mit den Fingern auf den Tisch, der Rest des Körpers ist wie erstarrt. Die Trennung von Sarah sei eine schwere Zeit gewesen, sagt er nach längerem Schweigen, natürlich habe die Tochter darunter gelitten, obwohl sie beide versucht hätten, es ihr so leicht wie möglich zu machen. Er streckt sich, atmet einmal tief durch und verstummt.

Das Gespräch hat sich im Kneipenzwielicht zu sehr verdunkelt. Lange werden sie nicht mehr hier sitzen, in einer Stadt, die Ale sowieso nicht gut bekommt. Nora wird ihn zum Parkhaus begleiten. Sie weiß nicht, ob sie bald ein nächstes Treffen will, aber sie sagt zu, als er sie auf dem Weg zum Auto in sein Dorf einlädt: Er wohne mitten in der Natur, habe Katzen und sogar ein Schaf.

Die Umarmung am Parkhauseingang ist fast schon vertraut. Auf dem Weg zu ihrem Fahrrad erschrickt Nora über das, was sich anfühlt wie ein kleiner Abschiedsschmerz. Sie sollte ihn lieber nicht besuchen.

# 32

## Wellen

Ein Grüppchen Häuser steht an einer abschüssigen Straße. Vielleicht zwölf, fünfzehn. Ringsum Grün, soweit das Auge reicht. Als Dorf kann man die kleine Ansiedlung nicht bezeichnen, kein Zentrum, kein Laden, keine Bushaltestelle. Jedes Haus steht für sich, nicht weit entfernt von seinem Nachbarn. Auf der einen Straßenseite wandern die Gärten den Hang hinunter bis zu einem Feldweg, auf der anderen klettern sie hoch, eine Wand aus Bäumen hält sie auf.

Bis Nora sich entschließen konnte, hierherzukommen, ist es Ende Juli geworden. Jetzt steht sie inmitten einer Wald- und Wiesenlandschaft, die sanfte, geradezu wohlüberlegte Wellen schlägt. In der Ferne ein Berghang, dunkelgrün. Auf welcher Höhe sie sich befindet, weiß sie nicht, die Fahrt ging die meiste Zeit bergauf.

Alejandros Haus steht halb verdeckt hinter einem Baum mit breiter Krone. Über die Fensterscheiben ziehen bunte, mit dem Pinsel gezogene Wellen, als hätte jemand waagerecht Gardinen aufmalen wollen. Der kleine Vorgarten sieht aus, als wolle er in Ruhe gelassen werden, während bei den Nachbarn dies und das an Gartenpflege und trautes Heim erinnert, ein kleiner Brunnen, ein Baumstumpf mit Blumentopf. Nora gefallen die wild wuchernden blauen Blümchen zu ihren Füßen besser.

Sie blickt die Straße hinauf, alles ist so still. Weiter oben wandert wie eine Fata Morgana eine Katze über den flirrenden Asphalt. Die Luft ist warm, der Himmel strahlt argentinisch, aber als Nora hinter Alejandro den Hausflur betritt, strömt ihr überraschende Kühle entgegen. Er öffnet eine zweite Tür und sie stehen in einem großen Raum mit breiter Glasfront vor üppigem Grün.

Aus dem Nichts kommt eine getigerte Katze angelaufen, hält auf halbem Weg inne, macht kehrt und schiebt sich, flach wie ein Fisch, unter ein Sofa.

„Ivo", sagt Alejandro und lächelt.

Nora setzt ihren kleinen Rucksack ab.

Hier ist nichts klein wie in ihrer Wohnung. Ein großer Tisch, ein großes Sofa, im hinteren Teil des Raumes ein großer Schreibtisch, darauf neben einem Bildschirm Papiere und Kleinkram, in der Ecke ein Gebilde, das aussieht wie eine Kinder-Ritterburg.

„Wo ist die andere Katze?", fragt Nora. Alejandro hat zwei erwähnt. „Und das Schaf? Oder war das ein Witz?"

Er lacht und zeigt in den Garten, eine große, struppige Wiese mit Bäumen, am unteren Ende ein Schuppen. „Die andere muss irgendwo draußen sein. Taucht auch sicher so bald nicht auf. Sie heißt übrigens Mira", sagt er und reißt theatralisch die Augen auf. *Mira* heißt *Guck mal* auf Spanisch. „Hieß sie aber schon, als sie zu mir kam." Mira habe noch viel Wildnis im Körper, sagt er, sie sei eine ganz Scheue. Besucher müssten schon etwas länger bleiben, um sie zu Gesicht zu bekommen.

Nora grinst, fragt sich, ob es ein Wink war.

„Die Schafe grasen da unten, hinter dem Nussbaum. Siehst du sie nicht?" Er ist neben sie an das große Fenster getreten und zeigt auf die beiden Gestalten weit hinten am Zaun, die Nora erst jetzt entdeckt, viel weißes Fell und zwei dunkle Köpfe.

„Inzwischen sind es zwei. Ich habe vor kurzem noch eines dazu genommen, damit Rosa einen Gefährten hat, vielmehr eine Gefährtin. Rosa und Lola."

Während Alejandro nach rechts in die Küche geht und Tassen von einem Regalbrett nimmt, bleibt Nora am Fenster stehen. Der getigerte Kater Ivo taucht wieder auf, schlendert langsam auf sie zu, schnuppert an ihren Schuhen, schaut zu ihr hoch. Sie streicht ihm über das weiche Fell. Der Kater setzt seinen Weg in die Küche fort, miaut, Ale gibt ihm Futter und öffnet eine der Terrassentüren.

Durch die Bäume schimmern Sonne und Wald.

„Wer hat die Schafe versorgt, als du in Argentinien warst? Und die Katzen?"

„Mein Nachbar, auch ein Tierfreund."

Sie hätten zwischendurch ab und zu telefoniert, er habe natürlich wissen wollen, wie es den Tieren geht. Der Nachbar übernehme gegen etwas Geld die Pflege, wenn er selbst unterwegs sei. Die Schafe gehörten eigentlich fast ihnen beiden, und das sei ganz gut so.

Eine unwirkliche Ruhe liegt über dem Garten, Nora schiebt sie auf die Schafe. Sie fressen und fressen, der Kopf bleibt am Boden, wie mit der Landschaft verwachsen. Susanas Vater José fällt ihr wieder ein, der baskische Schäfer. In der Ferne brummt eine landwirtschaftliche Maschine, ohne die Ruhe zu stören.

Im Wohnzimmer lässt Nora den Blick über die Wände gleiten, an denen gerahmte Fotografien hängen, große Formate, hauptsächlich Schwarzweißaufnahmen: städtische Szenen, ein Fußballspieler im Flug wie ein Tänzer, ein Pick-up an einer Straßenecke, es könnte in Buenos Aires sein. Auf zwei Fotos ist ein Frauenprofil im Innenraum eines Wagens zu sehen. Kahle Berghänge erinnern an die Anden. Die meisten Aufnahmen beherrscht eine schöne Dunkelheit, aus der vereinzelt helle Flächen hervortreten, Kleidungselemente, ein nackter Arm, ein Stück Himmel.

Nora schaut zur Küche hinüber, in der Alejandro Wasser in eine Teekanne gießt. Er hat sie vor zwanzig Minuten mit dem Auto am Bahnhof der nächstgelegenen Kleinstadt abgeholt. Sie hatte sich nicht ans Steuer setzen wollen, Autobahnfahrten stressen sie. Abends wird er sie wieder zum Zug bringen. Als die Stadt hinter ihnen lag, ging es aufwärts durch eine hügelige Landschaft, die immer menschenleerer wurde.

Ale hatte ihr am Telefon von schönen Spazierwegen erzählt, sie hat vorsichtshalber feste Schuhe angezogen.

# 33
# Wald

Nach dem Tee schlägt Alejandro vor, eine Runde zu drehen und oben am Berg eine Kleinigkeit zu essen. Der Kater wird gefragt, ob er bleiben oder gehen will, er verschwindet in den Garten.

Sie laufen den Hang hinauf, auf den Wald zu. Rechts und links Wiesen, Nora zieht ihre Jacke aus.

„Wie schön es hier ist." Und wie einsam, denkt sie.

Er sagt, er sei aufs Land gezogen, weil man hier billig wohnen könne. Das Haus sei nicht im allerbesten Zustand, er übernehme die eine oder andere Reparatur und pflege den Garten. „Naja, pflegen", lacht er. „Aber deshalb hält der Eigentümer die Miete niedrig."

„Und du lebst von der Fotografie."

Er versuche es. Seine Haupteinnahmen erziele er auf Weih- nachtsmärkten. Da verdiene er mit einer bestimmten Art von Bildern ziemlich gut, könne davon sogar einen Großteil des Jahres leben. Ab und zu kämen auch Fotoaufträge. Und er fahre auch noch zu anderen Märkten.

Inzwischen laufen sie durch den Wald, den asphaltierten Weg haben Erde und Schotter abgelöst. Soll Nora Ale erzählen, dass Weihnachtsmärkte auch zu Camilos Jobs gehörten? Dass er in seinen letzten Jahren Schmuck herstellte, den er manchmal auf Märkten verkaufte? Standen Konzerte auf dem Programm, sprang Nora für ihn ein. Sie haben mit ihren Tätigkeiten im Duo jongliert. Aber sie will Alejandro nicht unterbrechen.

„Und was für Bilder verkaufst du?"

„Naja, gefällige Standardmotive. Ich mache aber auch andere Sachen, die zeige ich dir mal, wenn du willst. Auch Zeichnungen. Habe früher viel gezeichnet, mehr als heute."

Henry habe Diplomat werden wollen, sagt er unvermittelt, als Nora gerade auf das Zeichnen eingehen will. Auf der internationalen Bühne. Er habe das Zeug dazu gehabt, er sei redegewandt und clever gewesen. Allerdings hätten seine Stimmungsschwankungen ihm womöglich Probleme bereitet. Ale schaut kurz zu Nora und dann wieder auf den Pfad vor ihnen, der stetig bergauf führt, der sie ab und zu zwingt, Wurzeln auszuweichen.

Nora denkt an Camilo in seinen Zwanzigern, an die Fragen, die ihn beschäftigten. Sie erzählt Alejandro, dass sie vor einiger Zeit nach langem Zögern seine alten Briefe hervorgeholt habe. „Ich hatte vergessen, wie verloren er sich damals fühlte, dass er sogar ans Sterben dachte. Nein, natürlich habe ich das nicht vergessen, aber wir haben schon lange nicht mehr über die allerersten Jahre geredet. Über die Zeit, als ich in Paris war, und danach. Vor Kurzem war dann auf einmal alles wieder da, durch die Briefe. Er war in manchen Momenten tief verängstigt und mutlos."

Sie schweigen. Halten inne und lauschen einem Specht. Gehen weiter.

Seinem Bruder hätten viele Möglichkeiten offen gestanden, sagt Ale nach langem Schweigen. Der Waldweg hat sich nach einem steilen Abschnitt wieder etwas abgeflacht. Henry habe immer gute Noten gehabt, bessere als er. Aber er erinnert sich auch an die Momente der Niedergeschlagenheit.

„Ich könnte mir denken, dass ihn das mit Camilo verbunden hat", sagt Nora. „Guter Schüler, große Erwartungen, internationale Bühne und so. Und trotzdem die ständige Selbstkritik und der blöde Perfektionismus. Zumindest bei Camilo." Wenn sie sich jetzt in Camilos Probleme hineinsteigert, hat sie keine Kraft mehr, den Berg hochzukommen. Sie will den leuchtenden Camilo sehen. Den ganzen Camilo.

Es folgt erneut ein kurzes, steiles Stück, dann erreichen sie ein Plateau, Licht, Sonne und eine Waldschenke, ein paar Tische mit Bänken. Zwei Männer in Radlermontur trinken Bier, ihre Mountainbikes lehnen an einem Baum. Die anderen Tische sind leer.

Seltsam. Ich sitze mit demselben Mann, denkt Nora, mit dem ich an der Plaza Belgrano gesessen habe, in diesem verlorenen Winkel vor einem abgelegenen Lokal, das wahrscheinlich nur an den Wochenenden ein paar Besucher anlockt. Ringsum der Wald, die Stille. Irgendein Zauber hat uns in dieses Stückchen Welt jenseits des Ozeans versetzt. Auch hier ist inzwischen Sommer. Sie bestellt einen Radler, Ale ein Bier. Dazu essen sie Pommes Frites und Salat.

„Es sind schon komische Sachen gelaufen damals." Er dreht sein Bierglas zwischen den Händen, schiebt den Teller von sich und stützt die Unterarme auf die Tischplatte. „Mein Vater hatte gute Verbindungen zum argentinischen Militär. Er hat ja für die *milicos* gearbeitet, der Idiot. Manchmal frage ich mich, ob er Henry unter Druck gesetzt hat, ob er ihm gedroht hat. Ich kann aber nur spekulieren. Als Henry ging, hat er mich jedenfalls gewarnt, ich solle mich nicht in Gefahr bringen."

Nora legt ihre Gabel auf den Teller.

„Was ist denn aus deinem Vater geworden?"

„Ende der Neunziger haben meine Eltern sich getrennt, meine Mutter wollte es so. Ich habe meinen Vater danach vielleicht noch zwei- oder dreimal getroffen. Er hatte eine Neue. Über die Vergangenheit haben wir nicht mehr geredet. Vor sechs Jahren ist er an Krebs gestorben. Zur Beerdigung war ich das letzte Mal in Argentinien."

Er fährt sich mit beiden Händen durchs Haar.

„Ich habe dir nicht alles erzählt", sagt er nach einer Pause.

Nora sieht die beiden Radfahrer auf ihre Mountainbikes steigen, hört ihr kurzes, männliches Lachen.

„Ich war so wütend auf ihn", fährt Alejandro fort. „Er hatte gesagt, er geht für ein Jahr nach Deutschland. Dann bekam ich irgendwann einen Brief, in dem er mir schrieb, dass er bleibt. Dass er nicht zurückwill. Wir hatten ein schreckliches Telefongespräch, in dem ich ihn bearbeitet habe, wiederzukommen. Hinterher habe ich mich gefühlt wie ein kleiner Junge. Er hatte sich entschlossen. Daraufhin habe ich mich stur gestellt und seine Briefe nicht mehr beantwortet, ich Idiot. Zwei lange Briefe, ich habe sie noch. Und dann kam nichts mehr."

Alejandro schaut hoch in die Bäume. Nora schweigt, dann fragt sie, ob er noch etwas trinken wolle. Er schüttelt den Kopf. Sie kann ihn nicht beschwichtigen, es wäre lächerlich, jemanden zu beschwichtigen, der seine Schuldgefühle seit Jahrzehnten durch all seine Tage trägt.

# 34
## Rehe

Zurück im Haus steigt Ale mit Nora ins Dachgeschoss hinauf, um ihr seine Dunkelkammer vorzuführen. Zwei schräge Dachfenster zu beiden Seiten des Raumes sind mit dickem Karton abgedichtet, es herrscht stickige Wärme. Im Sommer arbeite er hier nur nachts, in den heißesten Phasen gar nicht, erzählt Ale, während Nora sich umschaut. Tische, undefinierbare Geräte, Regale voller Materialien, Kisten und Kleinkram füllen den Raum. Ale verlässt die Kammer und öffnet die Tür zum Nebenzimmer mit Bücherregalen und einem Klappsofa mit Tischchen davor.

„Hier übernachtet meine Tochter, wenn sie mich besucht", sagt er. „Oder Gäste. Puh, nicht auszuhalten." Er geht zu einem schmalen Dachfenster. Durch eine Grauschicht müht sich die Sonne herein, Ale drückt das Fenster hoch, stellt die Arretierung fest. Streicht sich das Haar aus dem Gesicht. Als Nora zur Treppe gehen will, sagt er: „Hier."

In der Hand hält er eine Zeichnung: ein junges Mädchen, das lesend auf einem Sofa liegt.

„Das ist sie. Catalina. Mit zwölf. Inzwischen studiert sie." Und gleich darauf: „Komm, wir setzen uns nach draußen. Oder willst du drinnen bleiben und Musik hören? Ich habe eine Menge Jazz, auch LatinJazz, das ist doch was für dich."

Nora folgt ihm lächelnd die Treppe hinunter.

„Wir können sie auch laut stellen und uns raussetzen. Die Nachbarn sind hier zum Glück kein Problem. Soll ich uns einen Kaffee machen?"

Im Erdgeschoss wirkt er plötzlich hektisch. Er zieht mehrere CDs aus einem langen, schmalen Regal, das an der Wand hängt wie ein

Balken mit Querstreifen, schaltet die Anlage ein, dreht sich um. „Ich hab dich gar nicht gefragt, ob du einen Wunsch hast", sagt er, schaut Nora mit hochgezogenen Augenbrauen an, öffnet eine CD-Hülle, schließt sie wieder, wirft das Haar zurück.

Sie sagt: „Ich lass mich überraschen" und tritt hinaus auf die Terrasse. Sie hält Ausschau nach den Katzen.

Durch die offene Glastür dringt Klavierspiel, begleitet von einem hochaktiven Bass. Unzählige Synkopen. Ja, das ist ihre Musik. Und Camilos. Musik, die sie seit über einem Jahr nur mit Überwindung hören kann. Von irgendwoher dringt plötzlich durch das Klavierspiel hindurch rhythmisches Klopfen.

„Mein Nachbar übt Schlagzeug", erklärt Ale lächelnd. Er ist auf die Terrasse getreten, zeigt nach rechts und macht schon wieder kehrt, vielleicht um Wasser aufzusetzen.

„Soll ich helfen?" ruft Nora.

„Nicht nötig."

Sie versucht, zu ignorieren, was in ihr herumkriecht und auf Hals und Schläfen drückt. Was ist das auf einmal für eine dunkle Ängstlichkeit? Kommt sie von der Musik? Sie blickt auf die tiefgrünen Blätter des Kirschbaums, auf den wilden Garten, die unbeirrt grasenden Schafe, die Brombeerranken am rechten Rand, alles liegt hinter einer durchsichtigen Wand. Sie wirft einen Blick auf die Uhr. Noch anderthalb Stunden, bis sie wieder zum Bahnhof müssen, am Abend geht ihr Zug. Sie versucht die Kletterpartien eines Klaviersolos zu verfolgen. Ein dumpfer Schlagzeugwirbel aus der Nachbarschaft schiebt sich dazwischen.

„Schön, dass du gekommen bist", hört sie Alejandro sagen. Mit zwei Tassen in der einen und einer Kekspackung in der anderen Hand steht er auf der Terrasse. Es klingt so sanft, so unerwartet. Sie möchte die Augen schließen. Sie springt auf und nimmt ihm die Tassen aus der

Hand. Sein Gesicht sieht ernst aus, fast traurig. Das vom großen Kirschbaum gefilterte Sonnenlicht lässt sein Haar schimmern.

Er rückt einen der Stühle neben sie an die Hauswand und setzt sich, mit Blick auf den Garten, zieht seine Schuhe aus. Vor ihnen auf einem kleinen Tisch dampft es aus den Tassen. Sie will nach seiner Hand greifen und will es auf keinen Fall, verscheucht die plötzliche Nähe, sieht aus dem Augenwinkel seine Hand daliegen auf seinem Oberschenkel, reglos. Wie zwei Kinobesucher schauen sie geradeaus auf das ruhige Panorama voller Verstecke, voll unerkanntem Leben.

„Ich habe mehr an meinem Bruder gehangen, als ich mir damals eingestehen wollte. Es gab Henry und mich, wir waren zwar sehr verschieden, aber immer auch irgendwie eine Einheit, und auf der anderen Seite des Feldes standen unsere Eltern. Ich habe Henry bewundert, und später wurde mir klar, dass ich ihn sehr geliebt habe.“

Ales Position hat sich nicht verändert, nur seine Füße verschränken sich mal in die eine, mal in die andere Richtung.

„Es gibt da eine kleine peinliche Geschichte“, sagt er. „Kurz vor Henrys Abreise habe ich mich zum ersten Mal im Leben richtig besoffen. Mich mit Cognac aus dem Wohnzimmerschrank volllaufen lassen. Und dann habe ich auf ein paar Zetteln wild drauflos geschrieben, einen Abschiedsbrief an meinen Bruder, voller Schmerz und Vermissen. Geständnisse im Rausch, die ich nüchtern niemals gemacht hätte. Ich kann mich längst nicht mehr an alles erinnern. Mein Bruder war nicht zu Hause und meine Eltern schliefen schon, und ich saß am Wohnzimmertisch, besoffen, und habe alles, was mir durch den Kopf ging, auf Papier gekritzelt.“

Nora blickt zu Ale, der sich das Haar aus der Stirn schüttelt und in den Garten schaut. Dann beugt er sich vor, die Unterarme auf den Knien, so dass Nora sein Gesicht nicht mehr sehen kann.

„Und im Rausch habe ich dann diesen wilden Brief im Wohnzimmer liegen lassen. Am nächsten Tag hatte ich nur noch verschwommene Erinnerungen an das Geschriebene. Es muss ziemlich unleserlich gewesen sein, hoffe ich jedenfalls. Mehrere Zettel. Aber diese Zettel habe ich nie wiedergefunden."

„Oh."

„Ich weiß bis heute nicht, ob Henry, als er spät in der Nacht zurückgekommen ist, die Zettel gefunden hat, oder meine Mutter am nächsten Morgen. Im Grunde war es fast ein Liebesbrief. Oder vielleicht eher der Hilferuf eines Verlassenen."

Nora nickt. Dann steht sie auf, geht in die Küche, um zwei Gläser mit Wasser zu füllen, und setzt sich wieder neben Ale.

„Mira", sagt er plötzlich leise und zeigt mit dem Finger auf den Schuppen, der wohl der Schafsstall ist. „Qué?" antwortet sie automatisch und im nächsten Moment entdeckt sie an der Schuppenwand eine schwarze Katze, die in ihre Richtung schaut. Ale hat nicht Spanisch gesprochen.

„Mira", lächelt Nora. Sie will aufstehen, glücklich, als bringe man ihr ein Geschenk. Aber weil er gesagt hat, Mira sei scheu, bleibt sie sitzen, greift nach ihrer Tasse, legt ihre Hände um das warme Porzellan. Denkt an ihre eigenen Katzen, die es nicht mehr gibt.

„Du bist in einer Großstadt wie Buenos Aires aufgewachsen und lebst jetzt hier in der Einsamkeit." Nora kann ihren Blick nicht von Mira lösen. „Was für ein Riesenkontrast."

„Stimmt. Manchmal ist es mir auch definitiv zu ruhig, dann freue ich mich auf die Märkte oder über Fotoaufträge. Aber es ist auch sehr schön hier. Letzten Herbst hat mich täglich ein Reh besucht. Es lag da drüben im Garten, seelenruhig, hatte weder Angst vor dem Schaf noch vor den Katzen. Es knabberte ein bisschen am Gestrüpp. Ist nicht mal weggelaufen, wenn ich im Türrahmen stand."

Ein Reh im Garten, denkt Nora. Was ist echt?

Manchmal kommen ihr sonderbare Gedanken. Dass die Toten zurückkehren, in verwandelter Gestalt. Ein Vogel hat neulich in ihrem Garten eine ungewöhnliche rhythmische Figur gesungen, sie hat erstaunt aufgehorcht, hat kurz gedacht, es ist Camilo. Camilo als Vogel. Er wäre dazu imstande. Camilo hat in den ersten Wochen nach seinem Tod mehrmals nachts ihren Namen gerufen. Einmal so laut und so klar, als stünde er neben ihrem Bett. Es war so unverwechselbar Camilos Stimme, dass sie hochgefahren ist und „Ja" geantwortet hat, „Ja". Mit Schweiß auf der Stirn. Im dunklen Zimmer blieb alles still.

Alejandro blickt schweigend auf die Wiese. Späte Sonne liegt auf seiner Stirn, seinem Haar. Noras Ängstlichkeit hat sich zurückgezogen. Sie denkt an Brüder, an ihre eigenen Brüder, an den, der ihr so nahesteht, der auch mit ihren Hilferufen mehrmals umgehen musste. Ale hat sich wieder zurückgelehnt und streckt die nackten Füße von sich.

„Kennst du das Märchen von Brüderchen und Schwesterchen?" fragt Nora. „Ein Bruder verwandelt sich in ein Reh."

„Mal überlegen. Eine böse Hexe verzaubert ihn, oder? Und später taucht der obligatorische Prinz auf. Etwas in der Art. Meine Tante hat es mir als Kind vorgelesen."

„Ja, genau. Die Schwester sorgt sich ständig um das Reh. Und als sie am Ende den Königssohn heiratet, nimmt sie das Reh mit zum Königshof und dort lebt es bei ihr. Das Märchen hat mich früher sehr berührt. Wir hatten eine Schallplatte, auf der es so toll erzählt wurde, dass ich immer Gänsehaut bekam. Ich habe noch heute die unheimliche, keifende Stimme der Hexe im Ohr. Damals dachte ich: Das Reh ist viel freier und lebendiger als die Schwester, die ständig Angst hat, dass ihr Bruder erschossen wird oder wegläuft. Dabei war doch der verhexte Bruder der Gefangene. Am Ende sorgt die Schwester für ihr eigenes Kind und auch für das Reh. Oder verliert es seine Tiergestalt?"

„Rehe werden nicht alt. Selbst wenn kein Jäger sie erschießt", sagt Alejandro. „Sogar Katzen leben länger."

„Nicht immer."

# 35
# Sanfter Irrsinn

„Camilo hat mal einen Selbstmörder gerettet", fällt Nora ein. „Als er selbst schon unheilbar krank war. Aber ich weiß nicht, ob du davon hören willst."

„Doch", sagt Ale, „doch." Er greift nach seiner Tasse.

„Es war Sommer, sehr heiß, nach monatelangen Knochenschmerzen hatte man den Tumor in seiner Lunge entdeckt und Camilo musste mehrere Wochen im Krankenhaus verbringen, um sich allen möglichen Untersuchungen zu unterziehen. Er bekam die ersten Bestrahlungen. Zu den Schmerzen in Schulter und Rippe kam die Riesenangst. Außerdem die vielen Einschränkungen des Krankenhauslebens. Und die Hitze, die Camilo so gehasst hat."

Er hätte sofort aufs Rauchen verzichten müssen, nicht erst Monate später. Aber es war unmöglicher denn je. Er flüchtete immer wieder zum Klinikeingang, wo sich die Raucher in einer Sitzecke trafen oder den Bürgersteig auf und ab liefen, traurige Gestalten, die der Lungenklinik den Anschein einer Entzugsanstalt gaben.

„Zweimal kursierte in diesen Wochen die Nachricht von einem Fenstersprung: Der erste ging schief, der Patient hat überlebt, der zweite war tödlich. Den dritten, vielleicht war es ja auch der vierte und bestimmt nicht der letzte, hat Camilo verhindert. Weil es heiß war, standen die Türen offen, nur nicht die zum Schwesternzimmer. Eines Tages sah Camilo auf dem Weg zur Raucherecke in einem der Krankenzimmer einen alten Mann im Fensterrahmen sitzen, bereit für den Sprung in die Tiefe. Er lief zum Fenster, hielt den Mann fest und beschwor ihn, nicht zu springen. Er versuchte, ihn ins Zimmer zurückzuziehen, ihn zur Vernunft zu bringen, aber der Alte leistete schluchzend Widerstand.

Camilo hat mir später erzählt, er habe dem Mann erklärt, seinetwegen könne er machen, was er wolle, er verstünde ihn sogar, aber er solle bitte nicht hier aus dem Fenster springen, unten säßen doch all die Gäste auf der Terrasse der Cafeteria. Er hat den Mann festgehalten und immer wieder laut nach Pflegepersonal gerufen, aber kein Mensch ist gekommen. Erst als er eine Kaffeetasse, die in Fensternähe auf einem Tisch stand, mit Schwung in den Flur geworfen und damit Kranke und Pfleger aufgeschreckt hat, ist eine Schwester erschienen.“

Später, erinnert sich Nora, hat Camilo gesagt, er hätte den Mann vielleicht lieber in Ruhe lassen sollen, einen alten Mann, allein im Krankenhaus, nur eine einzige Verwandte in weiter Ferne und die tödliche Diagnose im Rücken.

„Eine Chefärztin hat Camilo dann im Namen der gesamten Belegschaft überschwänglich gedankt, es fehlten nur noch die Blumen. Er war der Held der Station. Sie hat ihm psychologische Betreuung angeboten, aber Camilo hat abgelehnt. Später hat ein Arzt ihn zum Röntgen geschickt. Camilos linkes Schulterblatt war bereits wegen einer Metastase angebrochen, der Arzt meinte, sein Einsatz am Fenster habe die Sache womöglich verschlimmert.“

Alejandro schüttelt den Kopf: „*Dios mío!*“

„Ist Camilo im Krankenhaus oder zu Hause gestorben?“, fragt er nach längerem Schweigen. Sie beobachten beide Ivos Putzverrenkungen.

„Zu Hause. Vorletztes Jahr an Weihnachten.“

Im November war es trübe, aber nur mäßig kalt, Camilo blieben nur noch wenige Wochen. Zum wiederholten Mal hatte er eine Lungenentzündung, doch diesmal kamen seine schwindenden Kräfte nicht dagegen an. Er wurde sehr schwach, lag bleich, mit glasigem Blick, im

Bett. Er wollte zu Hause bleiben, wollte nicht mehr ins Krankenhaus, und die Ärzte des Pflegeteams, das regelmäßig vorbeischaute, waren einverstanden. Nora erleichtert. Aber sie hatte Angst.

Der Garten, die Bäume, die Schafe verschwinden, Nora sitzt in einem leeren Raum, neben ihr ein ziemlich Unbekannter und vor ihr eine hübsche gestreifte Katze, die auf den warmen Fliesen ihren Kopf auf die Pfoten legt. Es fallen keine Schatten mehr auf die Terrasse, die Sonne ist hinter dem Berg versunken.

„An Camilos Krankenbett tauchten Trugbilder auf", sagt sie, „Figuren und Szenen, die nicht ins Schlafzimmer gehörten. Eines Tages hat er mir erstaunt erzählt, er habe gerade seine Mutter und seine Schwester gesehen, sie hätten beide im Raum gestanden, vor dem Kleiderschrank. Er trifft sich schon mit den Toten, habe ich gedacht."

Ist das so, wenn das Leben zu Ende geht, hat sie sich gefragt. Kommt ihm jetzt seine tote Familie entgegen? Holen sie ihn zu sich in ihre Totenwelt? Ist es dort dunkel oder hell, sind sie in Buenos Aires, wo es jetzt viel schöner ist als hier im deutschen Herbst? Oder am Meer? In Villa Gesell, unter Pinien, an der Mole, wo die Angler warten und geduldig aufs Wasser schauen?

Sie hat in den anderthalb Jahren seiner Krankheit so viele Stunden neben ihm auf Klinikfluren und in Wartezimmern gesessen, im Auto, auf dem Weg zu irgendeiner Behandlung, irgendeiner Untersuchung, irgendeiner Infusion. Oder sie saß und Camilo lag, in den letzten zwei Monaten die allermeiste Zeit. Er lag, und sie stand immer wieder auf und lief durch die Wohnung, weil so viel zu tun war.

Die schlechten Nachrichten überraschten schon lange nicht mehr. Aber man gewöhnt sich nicht daran. Je mehr Ärzte, je mehr Geräte, je mehr Laborwerte, umso mehr schlechte Nachrichten. Sie hatten kaum Zeit, sich über die wenigen guten zu freuen. An die vielen Monate des langsamen Abstiegs und der dünnen Hoffnungsschimmer, an Camilos Verzweiflung und Gereiztheit will sie jetzt nicht denken. Auch nicht an die Tage im Krankenhaus, wo sich manchmal die Welt verdrehte, wo Nora dachte: Das wahre Leben findet hier statt, wo es vor Menschen wimmelt, was machen die anderen nur da draußen? Und warum sind nicht alle krank? Seltsame zweigeteilte Welt. Susan Sontag hat sie mit einem Satz zusammengefasst: Jeder, der geboren wird, besitzt zwei Staatsbürgerschaften, eine im Reich der Gesunden und eine im Reich der Kranken. Camilo, im bürokratischen Reich der Gesunden bereits mit zwei Staatsbürgerschaften versehen, hatte inzwischen die Reiche gewechselt.

Dann kamen die letzten Monate, die letzten Wochen, und die will Nora nie vergessen. Sie waren sehr schwer und doch von eigenartiger Schönheit. Voller Liebe in nie gekannter Form. Und mittendrin lag bleich und leuchtend Camilo.

„*Se me acaba el tiempo,* hat er in den letzten Wochen ein paar Mal gesagt. Er wusste, dass seine Zeit zu Ende geht."

Nora hält inne. Sie streicht sich über die Augen, wartet, und der Schmerz sinkt wieder, nur eine leichte Spannung auf Brusthöhe bleibt. Oft ist es so: Der Schmerz verteilt sich auf seine eigene rätselhafte Weise in ihrem Gewebe und eine Zeitlang ist er so stark verdünnt, dass sie ihn nicht mehr spürt. Sie sagt:

„Willst du das alles überhaupt hören?"

Alejandro nickt.

Das Herbstwetter, die kürzer werdenden Tage, die Außenwelt, alles war ihr einerlei geworden. Ihr Leben hatte einen neuen Rhythmus. Freie Tage gab es nicht mehr. Morgens holte sie das Fieberthermometer und stellte für Camilo die zahlreichen Medikamente zusammen, musste sich konzentrieren, um sich nicht in der Dosis zu vertun, durfte nichts vergessen, nichts doppelt geben. Manchmal war ihr Kopf leer vor Müdigkeit. Das Haus verließ sie nur, wenn er schlief oder Freunde kamen, um sie abzulösen.

Arbeit gibt es jetzt auch nachts. Camilo schwitzt so stark, dass Nora ihm mehrmals das T-Shirt wechselt, ein frisches Handtuch übers Kopfkissen legt, die feuchte Wäsche zum Trocknen aufhängt. Aus dem Tiefschlaf erwacht, vielleicht von seinem Stöhnen, quält sie sich hoch. Für Camilo ist das Umziehen ein Kraftakt, aber schlimmer sind die Schmerzen, die sich in seinem Körper immer neue Stellen suchen. Er kann sich jetzt wegen der Schmerzen nicht mehr allein aufrichten. Sie hebt seinen Oberkörper an, stützt ihn, hält ihm das Wasserglas an die trockenen Lippen, beruhigt den wimmernden Kranken, streichelt ihn, ist schon wieder halb eingeschlafen neben ihm, voller Sehnsucht nach Ruhe, Frieden, Nichtspüren und Nichtwissen. So nah bei ihm. Und so fern. Er ist in seiner Schmerzenswelt, in die sie nicht hineingelangt, nicht hineinwill, nicht hineinkann.

167

„Seine Trugbilder waren eine Art sanfter Irrsinn", erzählt Nora, als Ale sie leicht am Arm berührt. Wo war sie eben? „Auf einmal standen sie im Raum, in unserem Schlafzimmer, das sein Krankenzimmer geworden war. Ich hielt mich viel dort auf, aß mit ihm, sah mir mit halbem Auge etwas im Fernsehen an, wir hatten das Gerät ins Schlafzimmer gebracht. Zwischendurch ging ich manchmal an meinen Schreibtisch. Aber zum Übersetzen kam ich kaum noch. Einmal sagte er unvermittelt: Ich will nach Hause. Eines Nachts fragte er: Wann ist der Umzug?"

Sie hörte diese ahnungsvollen Sätze. Sie wurde umso sachlicher und fachmännischer, je weiter er abdriftete. Schmerzen hatte er trotz des Morphiums, manchmal auch Atemnot, zum Verzweifeln. Mit den Pflegern haben sie Tricks ausprobiert, ihm einen kleinen Ventilator besorgt, den er sich vors Gesicht halten konnte. Es half sogar für kurze Zeit.

Ihr Leben war auf das Leben im Schlafzimmer zusammengeschnurrt. Auf sie beide. Zwei wunde Tiere in ihrer Höhle, die trotz allem ein schöner Ort geworden war, in die etwas zutiefst Kostbares Einzug gehalten hatte.

Ein paar Monate zuvor war Camilo schon einmal überraschend abgedriftet, bei einer Bluttransfusion im Krankenhaus. Er lag in einem Einzelzimmer, denn er hatte sich einen dieser multiresistenten Keime eingefangen und musste bei jeder stationären Behandlung abgeschottet werden.

Wer ist schneller, dachte Nora, der Krebs oder der Keim? Aber der blöde Keim hatte auch sein Gutes: den Luxus eines Einzelzimmers. Obwohl in früheren Zimmern manche der Mitpatienten Camilo gutgetan hatten. Zum Beispiel der sympathische schwäbische Fußballschiedsrichter mit der dröhnenden Stimme. Oder der stoische Russe, der während Camilos erster Lungenentzündung im Nachbarbett lag, viel las und wenig sprach. Von ihm fühle er sich beschützt wie von seinem Großvater, sagte Camilo, dabei war der Russe nur zwei Jahre älter als er.

Camilo hing am Tropf. Während der große Beutel langsam das fremde Blut abgab, fing er plötzlich an, wirres Zeug zu reden. Lebhaft und an Nora vorbei. Er wollte aufstehen, mitsamt Tropf losmarschieren, obwohl er dafür zu schwach war. Er wehrte sich gegen Noras Hilfe wie ein störrischer Alter. Das war nicht Camilo. Etwas stimmte nicht. Sie rief die Nachtschwester, die nach einem kurzen Blick den Patienten unauffällig fand und achselzuckend das Zimmer verließ. Nora holte einen Pfleger. Einen mit Erfahrung. Er tippte auf Camilos Schlafmittel, der Gedanke war auch Nora schon gekommen. Oder trug doch das fremde Blut die Schuld? War etwas schiefgelaufen, der Spender nicht der Passende, die falsche Konserve bestellt worden? Der Pfleger verneinte.

Schließlich stand eine Ärztin ratlos bei dem Kranken, der auf ihre Testfragen in spöttischem Ton die richtigen Antworten gab. „Wo sind Sie hier?" „Auf der onkologischen Station natürlich. Eins tiefer ist die Chirurgie." Als hätte er seine Verwirrtheit nur vorgetäuscht. Ein Neurologe wurde hinzugezogen, schloss jedoch einen Schlaganfall aus. Camilo redete jetzt wie ein Wasserfall. Die Ärztin begriff endlich, dass ihr Patient nicht bei sich war, und beschloss, die Transfusion abzubrechen. Nach und nach kehrte wieder Ruhe ein. Nora übernachtete im Krankenzimmer, man gab ihr eine Decke, und sie hielt Wache auf einem unbequemen Liegestuhl.

In den letzten Wochen hat sie sich immer wieder an diesen Zwischenfall erinnert wie an einen Vorgeschmack. Die wirren Momente häuften sich, nichts Aggressives, ein kurzes Abdriften nur. Ein sanfter Irrsinn. Der Sterbende geht seiner Wege.

Und eines Abends meinte sie selbst zu halluzinieren, davon will sie Alejandro erzählen:

„Das Telefon klingelte. Eine Münchener Nummer, ich dachte, es sei eine Freundin, sonst wäre ich gar nicht ans Telefon gegangen, um nicht zu viel von dem bisschen Zeit zu verlieren, die mir noch mit Camilo blieb. Ich nahm ab und hörte eine ausländische Frauenstimme, die einen langen, monotonen Satz herunterhaspelte. Verstanden habe ich nur ‚Umfrage'. Denselben langen Satz wiederholte sie noch einmal, irgendwas mit Energie und Umwelt. Eine Minute, mehr nicht, sagte die Stimme. Na gut, der verdammten Umwelt zuliebe. Ich war verrückt geworden! Was interessierte mich jetzt Energie, außer der, die Camilo noch zur Verfügung hatte, und meiner eigenen! Die Frau wollte, dass ich meinen Namen und meine Adresse bestätige, ich bestätigte. Ich war ein funktionierender Automat. So unglaublich müde. Oder vielleicht war es auch nur der Wunsch nach einem ganz normalen, von einem blöden Werbeanruf unterbrochenen Alltag in einem ganz normalen Leben ohne sterbenskranken Geliebten.

Dann kam diese Frage: Lebt bei Ihnen ein Hund? Ich habe gestutzt und Nein gesagt. Und plötzlich fühlte ich mich verarscht. Was hat der Hund mit Energie zu tun, habe ich die Frau angefahren. Sie hat irgendwas Unverständliches erwidert. Das Schlimmste war, dass ich sie dabei lächeln hörte. Ja, ich hörte sie lächeln! Der undefinierbare Akzent, das schlampig abgelesene, monotone Werbezeug, ich begriff nichts mehr und habe aufgelegt, erschrocken über mich selbst. Weil ich es sonst nie schaffe, einfach aufzulegen. Aber ich war auch entsetzt über meine Naivität. Jemand will mir ein paar Fragen stellen? Ja, nur zu, ich antworte. So mürbe war ich."

Der Kater hat sich zusammengerollt, ihm scheint die Geschichte zu gefallen.

„Erst später im Bett fiel mir plötzlich der Hund wieder ein. Wir hatten doch einen Hund! Ich lag neben Camilo und hielt seine Hand. So versuchte ich manchmal, ihm etwas von meiner eigenen Energie zu übermitteln, wie durch ein Stromkabel. Ich habe nach jedem Strohhalm gegriffen. Ich wollte mithelfen, den Tumor zu ersticken, zu überrollen, mit Wellen von Energie, die Camilo nicht mehr hatte. Und da fiel mir der Hund wieder ein. Camilo hatte seinen Krebs einmal als knurrenden Hund bezeichnet. Der Hund rächt sich, hat er eines Tages gesagt, als es nach einer Bestrahlung wieder mit den Schmerzen losging. Der Hund greift an. Hund, habe ich gesagt, sei still, mach dich ganz klein und gib endlich Ruhe! Ich lag an diesem Abend im Dunkeln und sah die gesichtslose Anruferin vor mir, ihr verächtliches Lächeln. Lebt bei Ihnen ein Hund? Ja, hätte ich sie anschreien sollen, ja, ja, ja!! Dieser miese Hund frisst Camilo auf, er lebt hier bei uns, der wilde

Köter, wollen Sie ihn bellen hören? … Übrigens schaffe ich es seitdem manchmal, bei Werbeanrufen einfach aufzulegen."

Alejandro sieht Nora mit hochgezogenen Augenbrauen an. Ich sollte ihn jetzt in Ruhe lassen, denkt sie, aber sie muss ihm noch etwas erzählen. Weil er Argentinier ist.

„Ein oder zwei Tage vor seinem Tod hat Camilo unvermittelt zu mir gesagt: Mehr Bombe oder Mehr Bomben, es klang verwischt. Mehr Bomben? Wofür? habe ich ihn gefragt. Für den Frieden, hat er geantwortet. Ich weiß nicht mehr, was ich geantwortet habe, jedenfalls habe ich den Widerspruch nicht verstanden. Auch da ist mir erst später ein Licht aufgegangen. Weißt du, was ich vermute? Er hat Spanisch und Deutsch kombiniert. Mittlerweile versorgte ihn eine Medikamentenpumpe mit Morphium. Er trug die Pumpe mit einem Gurt am Körper, über einen Schlauch und eine Kanüle floss das Morphium in seine Blutbahn. Die Pumpe wurde vom Arzt eingestellt und von einem mobilen Pflegeteam zu Hause immer wieder überprüft und angepasst."

„Kann man sich da nicht auch mal zu viel pumpen und das war's dann?" fragt Alejandro.

„Nein. Eine Überdosierung ist nicht möglich, haben die Ärzte uns versichert. Camilo konnte bei Schmerzattacken und Atemnot selbst auf die Pumpe drücken. Zum Schluss habe ich es für ihn getan, wenn ich ihm ansah, dass er Schmerzen hatte. Bei diesem sonderbaren Satz muss er an seine *Pumpe* gedacht haben, auf Spanisch: *bomba*."

„Ach, er hat *bomba* gedacht und *Bombe* gesagt? Mehr Bomben für den Frieden."

Nora will nicht wieder weinen.

„Er war einfallsreich", sagt sie. „Bis zum Schluss. Aber man musste ihn verstehen."

# 36

## Alles, was fehlt

Ale hat Nora zum Zug gebracht und zum Abschied haben sie sich umarmt. „Mira kommt bestimmt", hat er an der Wagentür gesagt und gelächelt. Sie hat sich einen Sitzplatz gesucht und Alejandro zugewinkt und gedacht, einem Tier, das so viel Wildnis im Leib hat, muss man Zeit lassen.

Sie blickt aus dem Fenster und hält Ausschau nach Schafen. Oder Kühen. Egal. Auf Häuser hat sie keine Lust. Sie spürt immer noch die Umarmung auf dem Bahnsteig. Nein, sie kann sich nicht auf einen Argentinier einlassen, einen Argentinier wieder, der aber kein Camilo ist. Das kann unmöglich gutgehen, es wäre sowieso viel zu früh, es wäre fatal, denkt sie und will sich den Arm vor die Augen halten wie ein Kind. Dabei braucht sie sich die Sicht nicht zu versperren, Camilo steht groß vor jedem Mann. Und hinter jedem Mann. Wem könnte sie das antun? Sich selbst am allerwenigsten. Sie will darüber nicht nachdenken müssen. Auch wenn von Alejandro ein eigenartiges Schimmern bleibt, etwas Schönes auf jeden Fall.

Camilo war ein ganzes Leben, es fehlten nur Kindheit und frühe Jugend, aber die wurden erzählt und gehörten dazu. Es ist abgerissen, und ob das, was noch bleibt, Wirklichkeit ist, kann Nora nicht sagen. Dach und Boden und Wände, das gesamte Zuhause ist fort. Viel, viel mehr als nur der Mensch. Der gemeinsame Blick, der gemeinsame Groove, der französische See, an dem sie jeden Sommer zelteten, die gemeinsam betrauerte Kinderlosigkeit, die kleinen Frechheiten, die alles wieder glättenden Zärtlichkeiten, der heftige Ärger, auch der Hass und das mühsame Verzeihen. Und das nie versiegende Lachen. Ganz zu schweigen von dieser Haut, diesem Geruch, der nur zu ihm gehört, kein anderes Wesen und nichts auf der Welt riecht so wie er, sie wird den Geruch nicht wiederfinden. Sie hat nach seinem Tod ein ungewaschenes T-Shirt von ihm in eine Plastiktüte gesteckt, um den Geruch festzuhalten, doch lange ist er nicht geblieben, und das tut ihr manchmal mehr weh als alles andere.

Es fehlen der Schutz und das Beschützen. Und sogar all das Dunkle und Wirre und doch nicht zu Trennende, selbst wenn sie sich an entgegengesetzte Enden der Welt begeben hätten, um sich nicht mehr übereinander ärgern zu müssen. Dieses Wissen bleibt jetzt, wie alles andere, ihr ganz allein. Die Zeit versucht es fortzusaugen, denn wozu braucht sie es noch. Sie waren nie eins, zwei Menschen sind nie eins. Aber jetzt sind sie es doch.

Wieso, fragt sich Nora, hat sie es gewagt, Ale so viel vom Ende zu erzählen? Weil bei ihm eine Menge Platz war, drinnen und draußen? Auch in ihm schien es Raum zu geben. Und es lag mehr Sommer vor ihr als in den letzten Wochen. Sie hat das alles auch den Bäumen erzählt und den Schafen unten am Feldweg. Den Schafen hat sie noch ganze andere Sachen gesagt in ihre dunklen Ohren, während sie ihr Fell berührt hat, ihre schmutzigweißen Zotteln, bevor Ale von oben rief, sie würde ihren Zug verpassen, wenn sie jetzt nicht käme. Die Schafe haben gekaut und alles begriffen.

Sie wird sich von diesem Sommer Kraft ausleihen müssen.

So wie von ihrer Arbeit, den Büchern, die sie in ihrer Sprache zu neuem Leben erweckt. Von den Freunden, von der Familie.

Sie wird auf keinen Fall einen Tangokurs machen, wie eine Bekannte es ihr wohlmeinend-naiv vorgeschlagen hat, zur Ablenkung, als Neubeginn oder so. „Niemals!", hat sie entsetzt erwidert. Nur mit Camilo hat sie Tango getanzt, zwar nicht oft, sie war Anfängerin, während er Lehrer und ein versierter Tänzer war. Aber Wange an Wange, die tonnenschweren Erinnerungen auf den Schultern, soll sie jetzt mit einem Fremden Tango tanzen? Ausgerechnet Tango? Auf keinen Fall. Lieber lernt sie Swing, Flamenco, Hip-Hop oder was auch immer.

Zu Hause wird sie nach ihrer Gitarre greifen, auch wenn ihre Finger viel vergessen haben. Sie hat das Instrument ihrer Jugendtage, das lange stumm in der Ecke gestanden hat, schon vor der Argentinien-Reise aus seiner Hülle geholt, es gestimmt und mit ein paar erinnerten Melodien die Stille überspielt, die sich seit Camilos Tod in der Wohnung ausgebreitet hat. Jetzt einfach weiterspielen. Die Übungen machen, die er nicht mehr macht. So kriegt er wenigstens was zu hören. Die Wohnung braucht Musik und ein besserer Trost fällt ihr im Moment nicht ein. Vielleicht kann nichts anderes Trauer und Tod so wirksam in ihre Schranken weisen wie das grenzenlose Leben der Musik.

Im Abteil ist es noch warm. Schon setzt die Dämmerung ein. Der Zug ist beinahe leer.

# 37
## Bring mir meine Schuhe

Er liegt nur noch. Seit gestern im angelieferten Pflegebett. So kann er selbst die Neigung der Matratze verändern, kann leichter aufstehen, auch für Nora ist alles einfacher geworden. Aber der Umzug vom Ehebett ins häusliche Krankenbett hat so heftige Schmerzen ausgelöst, dass am Abend noch eine Pflegerin kommen musste, um Camilo eine Spritze zu geben.

Das Pflegebett steht direkt neben dem gemeinsamen Bett, in dem jetzt, etwas tiefer, Nora allein liegt. Auf einem Regal am Fußende der Betten thront neuerdings der Fernseher. Oft laufen Tiersendungen: Szenen im Zoo, Tiere und ihre Pfleger, die mit ihnen sprechen und sie wie Kinder oder Geschwister behandeln. Camilo liebt die kleinen Orang-Utans, die mit den Pflegerinnen wie mit Müttern spielen, manchmal ruft er Nora, sie soll es miterleben. Er will tagsüber nichts anderes mehr sehen. Er liest nicht mehr. Am Abend läuft manchmal ein Film oder eine Serie, sie wollen sich ablenken, die Geschichten sind nicht wichtig.

Manche Weltnachrichten versetzen Camilo in große Sorge, obwohl ihn der Fortgang der Welt nicht mehr zu beunruhigen bräuchte. Aber er macht sich Sorgen. Vor allem um Nora. Seit dem Ausbruch der Krankheit hat er einen Satz immer wieder gesagt: „Es tut mir so leid." Er bedankt sich oft, mehrmals am Tag, sie erkennt ihn kaum wieder. Eine Ferne rückt heran, ein Land, in das sie ihn jetzt aufbrechen spürt.

Es kommen Momente, in denen sie wegrennen will, hinaus ins Leben, Momente, in denen sie sein Stöhnen, seine Schmerzen nicht erträgt. Sie versucht zu erraten, was er denkt. Über den Tod sprechen sie nicht. Er ist zu jung, um sich mit seinem Ende zu versöhnen. Nora sieht dieses Ende wie durch die Finger einer Hand, die man sich vors Gesicht hält. Eigentlich sieht sie überhaupt nichts, sie ist jetzt hier bei ihm und seine Krankheit strotzt nur so vor Leben, in der Lunge rasselt und pfeift es, manchmal klingt der Atem hohl und rau. Nora ist verstrickt in alles, was das Kranksein von ihm verlangt, und sie hofft noch immer, dass dieses übervolle Blatt sich wenden wird.

Selbst in den letzten Wochen, in denen kaum noch etwas über das bevorstehende Ende hinwegtäuschen kann, am wenigsten die aufgeräumte Freundlichkeit und das Scherzen der Pfleger und Ärzte, die nach dem Kranken schauen, ihr Ernst und ihre empfindsamen Erklärungen, wenn sie mit Nora allein sind, selbst in diesen Wochen flammt Hoffnung auf. Sie halten sich beide – oder nur Nora? – die Hand vor die Augen, um das Ende nicht sehen zu müssen. Ende? Was für ein Ende? Es ist nur ein Wort, und noch ist es leer.

176 Besuch aus der Familie reist an zur praktischen Unterstützung bei den vielen Aufgaben. Aber Nora will meistens allein sein mit ihm. Sie ist froh über die Hilfe, aber sie kann jetzt keine einzige Minute mit Camilo mehr opfern. Schmerz und Angst kann sie ohnehin mit niemandem teilen. Und sie will die Helferinnen nicht zusätzlich belasten.

Am letzten Tag weiß sie nicht, dass es der letzte ist. Sie ist wieder allein mit ihm, sie spürt, dass ihnen kaum noch Zeit bleibt. Am Abend zuvor hat er sich plötzlich gewünscht, dass sie sich zu ihm ins schmale Pflegebett legt. Sie ist aus dem breiten Bett hinaufgeklettert, tief berührt von diesem Wunsch, sie hat sich eng an ihn geschmiegt, endlich wieder. Bis seine Schmerzen ihre Nähe auf der schmalen Matratze nicht mehr zuließen.

Am letzten Tag kommt wieder eine Ärztin vorbei. Im Wohnzimmer, allein mit Nora, bezeichnet sie Camilos Ausflüge ins Irreale als Delirium und damit als Zeichen von Todesnähe. Zum ersten Mal weint Nora in Gegenwart eines Arztes.

Sie will ihm heute Musik geben. Mitgeben? Seit er nur noch liegt, hat er kein einziges Mal nach Musik verlangt, als hätte er sie aus seinem Leben gestrichen, jetzt, da er sie selbst nicht mehr machen kann. Und Nora hat es vermieden, ihm mit musikalischen Angeboten wehzutun. Sie ahnt, dass er sich schützen will. Aber heute bringt sie ihm Musik. Sie lässt im Schlafzimmer das laufen, was er zuletzt so bewundert hat, was ihn zu neuen Projekten inspiriert hat. Gemeinsam hören sie die erstaunlichen Kompositionen. Er ist wach, er ist bei der Musik. Tut es weh? Tut es gut?

„Bring mir meinen Bass", sagt er plötzlich. Nora geht in sein Zimmer und holt den hellbraunen E-Bass, das prachtvolle Stück, das er jahrzehntelang gespielt hat. Aber er will den kleinen, leichteren.

Dieses Instrument liegt jetzt auf der Bettdecke, es ist schwarz. Er hält es, seine Finger, bleich und dünn, greifen in die Saiten wie eh und je, aber nach einem kurzen Versuch sinken sie auf die Decke und er sagt den Satz, der wie ein Sturz in die Tiefe klingt: „Ich kann nicht mehr spielen."

Er weiß, dass kaum noch etwas bleibt, er hat den nahen Tod schon seit Tagen gespürt. Oder seit Wochen? Zeit ist eine Wolke. Manchmal hat er plötzlich „*Me estoy yendo*" gesagt, „*Ich bin dabei zu gehen*". Er weiß, dass er verreisen wird. Einmal hat er versucht, aufzustehen, hat Nora gerufen und gesagt: „Bring mir meine Schuhe." Sie hat gefragt, warum. „Der Zug wartet", hat Camilo gesagt.

An diesem Abend bäumt er sich auf mit aller Kraft. Am frühen Morgen wird er sterben. Hat der Abschied von seinem Instrument, denkt Nora, es ihm ermöglicht, aus dem Leben zu gehen? Hat sie ihm mit seinem Bass ein Sprungbrett gebracht für den großen Schritt?

Sie hätte sich einen ruhigen Abschied gewünscht, wenn für ein Lebensende überhaupt Wünsche möglich sind. Vielleicht reimt sie sich auch im Nachhinein aus Erzählungen und Filmen ein Bild vom sanften Abgang zusammen: bei dem immer schwächer werdenden Geliebten sitzen, am Bett gegen die Tränen ankämpfen, seine Hand halten und ihm liebevolle Worte sagen. Die Ärzte haben sie beschwichtigt, heutzutage müsse man nicht mehr mit Horrorszenarien rechnen. Wissen die Halbgötter wirklich Bescheid? Dass es so turbulent zugehen würde kurz vor seinem Tod, hatte Nora sich jedenfalls nicht vorgestellt. Wo er doch schon so schwach war und so vollgepumpt mit Morphium, mehr ging nicht. Er rang nach Atem, immer wieder drangen Schmerzen durch die Betäubung, schließlich bekam er neben seinen vielen Medikamenten noch etwas gegen Halluzinationen, wie sollte der arme Kopf kurz vor der Reise das alles verkraften?

An diesem letzten Abend hat er sich heftig gewehrt, sich trotz der Schmerzen aufgerichtet, hat versucht, aus dem Bett zu steigen, alle Kraft zu nutzen, die er noch hatte, um fortzugehen, zu entkommen, vor dieser sich in die Länge ziehenden Hinrichtung zu fliehen.

Tagsüber ist er noch an Noras Arm zum Klo gegangen, hat verächtlich abgewehrt, als sie ihm anbot, den gemieteten Toilettenstuhl zu benutzen. Nein, das schafft er. Am Abend wird er immer unruhiger, gestikuliert, redet, ruft, aber seine Laute sind nicht mehr zu verstehen. Er bäumt sich auf, fällt zurück, kommt wieder hoch. „Was geht nur in Ihrem Kopf vor?“, sagt die herbeitelefonierte Krankenschwester liebevoll und streicht ihm über den Arm.

Muss er denn nicht um sein Leben kämpfen? Nora sitzt neben der Pflegerin am Bett, bedankt sich für den Beistand, für die Spritze, die Ruhe bringen soll, für die Anweisungen, wie sie selbst in der Nacht die Spritzen zu setzen hat, alle zwei Stunden eine neue Nadel in den Oberschenkel, um ihm weiß der Himmel was für ein beruhigendes Mittel einzuflößen, weshalb sie später denken wird: Wir haben ihn eingeschläfert. Ein Gedanke, der ihr noch heute zu schaffen macht.

Ihr Bruder ist am Abend angereist. Nora hatte ihn um Beistand gebeten. In der Nacht übernimmt auch er ein- oder zweimal das Spritzensetzen und Nora schläft für kurze Zeit.

Camilo ist nun ruhiger geworden, zur Sedierung kommt die Erschöpfung. Er atmet gleichmäßiger, mit rauem Klang.

Sie sitzt wieder bei ihm, es ist dunkel im Zimmer, er scheint zu schlafen, da hebt er die Hand und streichelt langsam, stumm und tastend ihr Gesicht, als wolle er die Erinnerung daran mitnehmen. Sie weiß, dass er nicht mehr sprechen kann. Aber diese bewegende Geste gelingt ihm noch.

Früher Morgen, es ist noch dunkel, Nora ist wieder wach, lauscht, streckt die Hand nach ihm aus. Plötzlich hustet er, was nur selten bei ihm vorkommt, sie denkt erschrocken an Schmerzen, richtet sich auf, schiebt ihren Arm unter seinen Kopf und Rücken, um ihm das Husten zu erleichtern. Er atmet aus, im nächsten Augenblick ist er wieder ruhig. Sie wartet. Sie hält ihre Lippen an seinen geöffneten Mund. Er atmet nicht mehr.

Sie steht auf, verlässt das große Bett, setzt sich zu ihm an das Pflegebett und streichelt ihn. Sein Mund ist leicht geöffnet. Er ist hier bei ihr, er ist warm. Sie berührt sein Gesicht mit ihrem Gesicht, mit ihren Händen. Seinen Körper, die feuchte Brust, den warmen Bauch. Er ist immer noch schön.

Nach einer Weile, einer halben Stunde vielleicht, geht sie ins Nebenzimmer und weckt ihren Bruder. Sie sagt: „Er hat es geschafft." Weint sie? Keine Erinnerung. Sie geht müde zurück ins Schlafzimmer. Und plötzlich erfasst sie vor dem Menschen, der vor nicht einmal einer halben Stunde aufgehört hat zu leben, vor dem, der angeblich tot ist, was sie keinesfalls begreifen kann und bis heute nicht begreift, das intensive Gefühl, dass hinter dieser schweißüberzogenen Stirn, hinter den geschlossenen Augen eines Schlafenden, die ihr in den letzten Wochen und Monaten mit so viel Schmerz, Unruhe, Dankbarkeit und kindlicher Anhänglichkeit entgegengeblickt haben, noch etwas ist. Etwas lebt. Gedanken und Bilder. So schnell verschwindet das alles nicht. Und sie denkt: Vielleicht hat jetzt das begonnen, was sie sich für ihn ersehnt, der seine Augen nicht mehr öffnen wird: tiefe Erleichterung, warme Geborgenheit, das Schweben des Reisenden, das Glück auf einer Bühne, ein heller Nachmittag an einem See in seiner Weite und Ruhe.

# 38
## Traum

Er ist in ihrem Kopf, riesig und verschwommen. Er sitzt in ihren Gedankenbildern und wandert durch ihre Gedankengänge, er steht an den Fenstern der Erinnerung und in den Landschaften der Nacht. Er ist da. Sie verliebt sich sogar für Momente in seine Gegenwart. In den jungen und in den bleibenden Camilo. Nur manchmal, wenn sie müde ist von allem, besonders vom Vermissen, sagt sie zu ihm: Nimm dein Gewicht von mir, mein Liebster. Ich werde dich nicht vergessen, du gehörst schon zu mir.

August beginnt mit ungewöhnlicher Hitze. Nora hat sich die Haare kurz schneiden lassen. Ihre Freundin aus Kenia war letzte Woche zu Besuch und hat ihr erzählt, dass in ihrem Land trauernde Frauen sich die Haare abschneiden. Im Spiegel findet Nora sich sehr verändert, der Friseur hat ein bisschen übertrieben.

    Der Himmel ist heute Abend graublau wie Wasser. Die Bäume vor dem Fenster werfen ihre Zweige hin und her und warten auf das Sommergewitter. Während Nora mit ihnen wartet und die weiße Linie beobachtet, die ein unsichtbares Flugzeug über den Himmel zieht, denkt sie an den Traum der vergangenen Nacht, vielleicht ein Geschenk von Camilo:

Er ist hier in der Stadt, in einer nahen Wohnung. Sie weiß, sie sind unüberwindbar getrennt. Das Telefon klingelt. Da sie die ganze Zeit an ihn denkt, könnte er es sein. Am anderen Ende kein Laut. Sie sagt Hallo, Hallo, dann zaghaft: Camilo? Da fällt ihr Blick auf die andere Straßenseite, und dort unten, im Erdgeschoss, sieht sie ihn durch eine verglaste Wand in einem Sessel sitzen. Er schaut durch die große Scheibe zu ihr hinauf. Ja, er ist es! Mit dem für ihn so typischen leicht spöttischen Gesichtsausdruck zeigt er auf sein Telefon. Schau doch einfach aufs Display! Tatsächlich, dort steht seine Nummer. In dem fremden Raum spielen in einer Ecke Kinder, auch ein Erwachsener ist dort, wer? Sie trägt nur ein T-Shirt, darunter nicht mal eine Unterhose. Trotzdem macht sie sich sofort auf den Weg, läuft hinunter, über die Straße, ins Nachbarhaus. Endlich haben sie sich wiedergefunden. Camilo trägt leichte Sommersachen, bequeme Shorts, er sieht kräftig und gesund aus. Sie umarmen sich. Sie bittet ihn: Drück mich fest. Er sagt: Aber umarme du mich auch. Das tu ich doch, antwortet sie erstaunt, streicht ihm über den Rücken und drückt ihn noch fester an sich. Kann er sie nicht spüren? Er ist ruhig und entspannt, er ist einfach da, sorglos, ohne Schmerzen. Zusammen gehen sie in Noras Wohnung auf der anderen Straßenseite. Dort sind inzwischen Leute, Freunde mit Kindern, Trubel, Durcheinander. Camilo ist bei ihr. Als sie in einem Zimmer allein sind, umarmt sie ihn stürmisch und wirft sich mit ihm auf ein hohes Bett, und es wird warm und sinnlich. Sie umklammert ihn, sie will ihn nie wieder loslassen. Sie fleht ihn an: Komm zurück! Bitte komm zurück! Er sagt nur ruhig: Ich kann nicht. Und irgendwann, wie es geschieht in Träumen, ist er verschwunden, und es ist eine Selbstverständlichkeit.